JN101393

うつけ者

俄坊主泡界（にわかぼうずほうかい）

之 江戸破壊篇

東郷隆

早川書房

うつけ者　俄坊主泡界2

江戸破壊篇

もくじ

登場人物

泡界坊浄海……………………御法度刷りの瓦版を売る願人坊主。四代目法界坊
野狐の三次……………………別名三郎介。熊野幻術を使う少年。泡界の弟子
手なづち・足なづち…………御法度刷りを裏で支える彫り師・刷り師夫婦
土田新吉郎……………………将軍御側衆、公人朝夕人。御家人悪の頂点に立つ男
葛西権四郎……………………江戸糞尿処理業者を支配する大分限者
秋山長八郎……………………無骨な北町同心。やもめ暮し。町芸者駒菊にぞっこん
お八重…………………………赤坂桐畑「赤扇」の女
お千代…………………………湯屋「為朝の湯」の二階女
高屋彦四郎……………………御家人。戯作者柳亭種彦
水野越前守忠邦………………老中首座。天保の改革を企てる男
遠山左衛門尉景元……………江戸北町奉行。御存じ「遠山の金さん」
塙巳之助………………………黒鍬あがりの殺し屋
徳川家慶………………………十二代将軍。父家斉の血を牽いて存外な放蕩家

1　天狗狐

隅田の東岸、はるか彼方に見える土地を向島と呼ぶ。洒落っ気を尊ぶ江戸っ子にしては、ずいぶんぞんざいな名付け方をしたものだ。そのせいか本所辺の人々は、古めかしく牛島なんぞと言い慣わしている。

なるほど浅草の汀まで出て、小手をかざせば、こんもりと木々が盛り上り、まるで巨大な牛が踞まっているようだ。

実際、「島」の中央には、本所総鎮守の牛御前様も祀られている。

その社の隣に目を転じれば、土手の間に鳥居の笠木が埋め込まれたように見えるところがある。俳人其角が、

夕立ちや　田を見めぐりの神ならば

と、雨乞いの句を詠んで名高い三囲稲荷だ。竹屋の渡しは、浅草金龍山下と、この鳥居下を

結んでいる。

　土手の葉桜もいよいよ香りを増して、あと少しで衣更えという、ある晩のことだ。西葛飾領渋江村在の仁助という男が、この鳥居下で船を降りた。この男は百姓ながら、左官職も兼ね、近隣ではそれなりに知られた奴である。

　その日は浅草茅町で無尽の集いがあり、その帰り道。いつもなら並木から竹町の渡しで戻るのだが、この日は一杯機嫌で浅草寺に詣で、つい贅沢な気分となって、金龍山下から船に乗った。

　無尽講の土産に貰った竹皮包みの天麩羅を手首に結びつけて、よいしょと堤通にあがる。と、三囲稲荷の鳥居下で小さな人影を目にした。

　誰そ彼刻、人気の無い神社の境内で何事だろうと目を凝らせば、歳の頃六、七歳ほどの少女が、泣きながらうろうろしている。

（この刻限に、子供一人でどうしたこンだ）

　仁助は石段を伝って境内に降りた。この時、少し眩暈がしたが、酔いの戻りだろうとさして気にも止めず、

「これ、娘っ子。いってえどうしたね」

　仁助の声に振り返ったその顔を見れば、おつなという同じ村の小娘である。

「こんなところでいまじぶん、何してるだ」

「うん、かあちゃんと一緒に……」

　この先の料亭へ、村の野菜を納めに行っての帰り道。

「『一寸三囲様へ願掛けがあるので、お前はここで待っといで』と言うものだから」

しばらくじっとしていたが、待てど暮せど母親は戻って来ない。心配不安でいたところだ、と涙ながらに訴えるではないか。

「そりゃあ、可哀そうなこンだ。どれ、おれが、ちっと見てやろう」

気の毒になった仁助は、さして広くもない境内をあちこち探してまわったが、誰にも出合わず、そればかりか神社の巫女、参道の掛け茶屋にいるはずの婆さんさえも姿を見せない。

「こりゃ、困ったこンだぞ。よし、同じ村のよしみだ。おれが、家へ送ってやるべィ」

おつなの手を引いて、村への道を歩き始めた。しかし、小半刻も行ったあたりで仁助、今度はそのおつなを見失った。

「あれえ、ちゃんと手ェ引いていたはずが、どうしたこンだろう」

堤通は、もう真っ暗である。半ば手探りでこれも散々に探したが、どうしても見つからぬ。解せぬまま渋江村に戻り、おつなの家を訪ねて、かくかくしかじかと話せば、家の主人は不審顔で答えた。

「今日、山の神も娘も、他行してねえから、迷子になるわけもなし」

これこの通り、と母娘を戸口に差し招くから、仁助も首をひねったが、ふと手元を見れば、手首に結んだはずの、大事な天麩羅包みが消えている。

「仁助どん。そりゃあ、お狐さまにつままれた（化かされた）のじゃあねえか。茅町のテンプラは、油の味がいいことで聞こえているからなあ」

主人の言葉に、げっと声をあげた仁助。改めて背筋が慄々として、我が家に駆け戻ると、布団を引っ被り、その夜は早々寝てしまったという。

その仁助が未だ堤通を行きつ戻りつしている頃。

三囲の渡し場で、仁助が失った天麩羅包みを手にする少年がいた。

竹皮の間から立ちのぼる、榧油と胡麻油の香りに鼻をひくつかせ、

「ううん、たまらない」

少年は、少ししんなりとした寺島ナスの精進揚げをつまみあげると、口に頬張った。

「うめえ。あんな葛飾の左官めが、口にするのはもったいない味だ」

「そうかい、そんなにうめえかい」

唐突に、彼の背後で乾いた声が響いた。

少年は精進揚げを銜えたまま、あわてて振り返った。

「誰だ」

「名乗るほどの者じゃねえ。宵の口から、おめえの手技を、そこの鳥居の隅っこで、ちっと見物していた奴さ」

少年は、膝に置いた竹の皮包みを除けて立ち上った。身をかがめて、両手を組むと、低い声で呪文のようなものを唱えはじめた。

「ああ、止しねえな。そいつは俺にきかねえよ」

ゆっくりと雁木を踏んで現われたのは、大柄な人影だ。

少年は身構えた。夜目に透かして見ると、そ奴の身体は、だぶだぶした袖広の法衣に包まれ

ている。頭は、と見れば、こちらは大黒頭巾らしきものを被っていた。陰暦三月。川面を渡って来る晩春の夜風が冷たいとはいえ、頭巾被りは少々暑苦しく見える。

（どこの坊主だろう）

三囲神社の別当寺は延命寺だが、このあたり、他にも最勝寺やら長命寺やら、寺数は多い。

「なに、おめえを咎めだてしようってんじゃねえ。ガキにしちゃあ、うまく目眩ましを使いやがる。感心していたのだ」

人影は、投げ捨てるような物言いをした。しかし、少年の技を褒めているらしい。

目眩ましは、催眠術と手品を掛け合わせたようなものだ。まっとうな僧や神官は、人心を惑わす外道技と言って、ひどく忌む。

（坊主がこんなこと言うだろうか）

少年はその「坊主」を凝視した。

よく見れば、意外にも彼の着衣は僧侶のそれではない。襤褸のような湯帷子の上に幅広の布切れを巻きつけ、それがたまたま僧の格好と見えたに過ぎなかった。

（強胸坊主か。それにしては、なぜ俺の幻術がきかないのか）

「見抜かれたが不思議かえ」

そ奴は手を伸すと天麩羅を勝手につまみ、無雑作に口へ放り込んだ。

「俺もその技を会得しているのだ。ほんの少しだがな」

「おまえさまは……」

少年は、我れ知らず言葉を改めた。

「だから最前、言ったろう。名乗るほどの者じゃねえって」

　そ奴は、また包みの中に手を伸しかけたが、

「精進揚げってやつは、粗塩もいいが赤酢とタレで食うのもいい。どうだ、こんな川っ端じゃあなく、屋根のあるところで食ぃ直さねえか。なあに、俺ン家は目と鼻の先だ」

　そ奴は、ひどく陽気な口調で誘う。


　北に少し歩ぃて、堤の下へ降りると寺島村だ。田畑の中に商家の寮や料亭の角行灯が灯っている。三囲の辺より、僅かに人の気配が濃ぃ場所となる。

　その寺島村の鎮守、白髭明神社奥の松林に、一軒の荒ら屋があった。

　立てつけの悪ぃ戸を蹴り開ぃた坊主は、少年を招き入れた。

「そこらでくつろいでいてくんな。今、茶をいれてやるから」

　火打ちを打って付け木に火を移した。そこでようやく室内の造作が見えてきた。

　存外清げな佇ぃだ。棚に書籍、紙束の類が積み上げられている。

（漢籍の師匠でもやっているのか）

　少年が目を丸くしていると、貧乏徳利と茶碗を手に、そ奴は戻ってきた。いつ着替えたのか、例の厚ぼったい襤褸を脱ぎ捨て、小ざっぱりした白の帷子姿だ。頭巾の下はやはり髷が無ぃ。坊主頭の毛が伸び放題の、イガグリ頭だった。

「おめえガキでも、おちゃけの味ぐらいは知っていよう。まず一杯いけや」

　とくとくと徳利の酒を茶碗に注ぃだ。

少年は僅かにためらったが、思いきって、ぐいとあけた。安酒だが、妙にうまい。少年の表情を見てとると、怪僧は薄い唇をねじ曲げた。笑うと、妙に人なつっこい表情に変った。

（噂に聞く紅毛人の血が混ってる奴とは……）

こんな面かも知れない、と少年は思った。額は広く、鼻筋が異様に整っている。太い眉の下にあるふたつの眼は、灯火の照り返しに爛々と輝く。異相といえるだろう。

（紅毛人というより、こりゃあ天狗様だな）

「ところで、木っ葉天狗」

驚いたことに、天狗の名がそ奴の口から先に出た。

「えっ」

「最前、堤通で見せてもらった目眩ましさ。ありゃあ、修験者がよく使う天狗技だ。だからそう呼んだのだが、図星かえ」

「……」

「まあ、もう一杯いこう」

また茶碗酒を勧められた。

「で、立ち入ったことを聞いちまうが、おめえさん、家が修験道か。羽黒山や大山じゃねえな。幽かに西国訛がある。紀州熊野に縁がお有りのようだ」

少年は、はい、とも否とも言わず俯いた。怪僧は、自分も酒を舐めるように味わうと、

「ま、言いたくなけりゃ、強いて尋ねめえ。けンど、一度人に出自を問うたからにゃ、こちらも語るが筋だ」

怪僧は、ふうっと息を吐いた。

「俺の名は」

指折り数え始めた。

「泥亀坊(でいきぼう)、風狂五智(ふうきょうごち)、妙見堂痴人(みょうけんどうちじん)、夏乃雪洞(なつのせつどう)、摩羅乃延金(まらののべかね)、兆侯堂主人(ちょうこうどう)……いろいろあるが、今のところは、ホウカイボーで通っている。字で書けば、泡のような世界に生きる坊主、となる」

「はあ」

としか、少年には答えようがない。

「仲間うちじゃあ、せんみつ屋の泡界さんで通っている。俺としちゃあ、あんまり好きな名じゃねえが、まあ通り名というやつは、てめえじゃどうにもなんねえ難儀なもんよ」

「はあ、左様で」

「ところで木っ葉の天狗狐」

ふっ、と酒臭い息を吐いた。

「おめえ、百姓の天麩羅狙うくらいだ。宿無し、職無しだな」

少年は首を縦に振った。

「汚ねえところだが、何なら、ここにしばらく転っていてもいいぜ。……へへっ、狐狸(こり)の類いに恩を施せば、いいこともあるとは古人の言葉だ。おめえに合った仕事も探してやろうじゃねえか」

泡界は、折りに残った天麩羅に、再び手を伸した。

2　文付け平内

少年は、そのままずるずると十日ばかりも、その荒ら屋に居続けた。

この間、泡界は毎朝、少年のために米を研ぎ、しじみの味噌汁を作り、一緒に飯を食らうと、

「留守を頼むぜ」

一声かけて、ふらり出かけていく。

そして、申の下刻（午後四時頃）に戻って来て、朝炊いた飯の残りに汁をかけ、夕餉を済ませる。

それからしばらく読書した後、さっさと寝てしまう。朝が来ると、また井戸端で米を研ぐ。

見た目と異なり、それなりに規則正しい生活なのだが、

（どこで何をしているのか）

少年は流石に気になった。十日目の朝、僧の行く先を調べてみよう、と思い立った。

「じゃあ、な。いつものように」

留守を頼む、と言い捨てて泡界が、背に夏の陽を浴びて出ていく。少年は裏口にまわり、そっと尾行た。

青々と葉を茂らせた桜の並木道を、泡界はぶらりぶらり。少年は距離を保ちつつ後を追った。

泡界は、竹屋の渡しに見向きもせず、鼻唄混りに歩いてゆく。

〽夕立ちやぁ、田をみめぐりの神ならば、葛西太郎が洗い鯉……


向うから来る行楽客の群が、何事かと次々に道を開けてゆく。

寂々とした美声だが、その粋な歌の主が襤褸をまとった大坊主ときては、その異様さに誰もが気圧されてしまう。

が、尾行る側には、この悪目立ちは返って好都合。まず見失う心配はない。

水戸様の御屋敷脇を過ぎて、大川橋（吾妻橋）を渡るかと思いきや、泡界はなおも川沿いを下り、北本所表町に入って行った。

「おや、不思議なところに」

練塀の彼方から、鰐口を叩く音が盛んに聞こえてくる。

目病みに霊験あらたかと、江戸っ子に知られた多田のお薬師さまはすぐ隣だ。

ひらがなで大きく一文字「め」と書かれた大看板の下を、大坊主は慣れた調子で潜っていく。

塀の裏へ一歩出れば、そこは番場町。

（漉きかえしの職人が多いな）

軒の低い家並に連なる腰高障子の看板文字を少年は読んでいく。

漉きかえし屋は、古紙の再生屋だ。紙くず拾いが集めてくる鼻紙なんぞを溶きふやかして、便所紙などに漉き直す。大川の対岸にもこの稼業が多く、そこで作られるものを浅草紙と呼ぶ。

「あの家に何が」

引き手の脇に小さく「紙徳（かみとく）」と書かれた破れ障子に手をかけた泡界は、窮屈そうに身をかがめた。

そのまま入るか、と見えたが裏にまわる気配である。

心張り棒でも掛かっているのか、と思った少年は、そこに忍び寄った。

泡界を追うより、その家の正体を探る方が先と踏んだのだが、それが間違いだった。

障子の引き手穴から中を覗こうとした刹那、襟首をぐいっと引き上げられた。

「ほら、捕まえた」

まるで堀の中から川蝦（かわえび）でも釣りあげるように泡界は、少年を宙に持ちあげる。ものすごい力だ。

「おめえさんが尾行てることは、百も承知。二百も合点（がってん）」

少年を猫の子みたいにぶら下げた泡界は、そのまま足で障子を蹴り開けると、「紙徳」の中に踏み込んだ。

墨油の臭いが鼻をつく。天井といわず壁といわず、縦横に紐が張り巡らされていた。

その紐に、びっしりと薄紙が木挟（きばさ）みでぶら下げられたところは、紺屋（こうや）の物干し場を見るようだ。

(漉きかえし紙を干しているのか)

少年は最初そう思ったが、違った。紙に黒々と何か刷り込まれている。

「何です、そのガキは」

刷り物の間から顔が覗いた。

のっぺりとした初老の男だ。鼻先に墨が付いている。この家の職人らしい。

「応（おう）、足（あし）なづち。こ奴は、な。油もんが御好みの木っ葉天狗だ。先（せん）からうちに巣食ってる」

「へえ、天狗さまで」

足なづちと呼ばれた職人はじろじろと少年の面を見まわして、

「お天狗さまにしちゃあ、背中に羽根も無え。役者みてえに目鼻立ちもすっきりしてなさる。ははあ、泡界さん、色子（いろこ）を飼いなすったね」

「よせやい。俺らぁ、ケツの穴より岩屋の観音様がいっち好みだ」

「なんですねえ、朝っぱらから助平な」

職人の隣から、女の顔が出てきた。襟元に木屑（きくず）をつけた大年増。女髷も結わず、引っつめ髪に手拭いをかけて、爪（つめ）の先ほども化粧っ気が無い。

「おう、手（て）なづち、彫りはあがったかい」

「あがりましたよ、泡界さん。ゆンべは一睡もしてません」

「そいつは御苦労」

そこで泡界は、ようやく少年の襟首から手を離した。紙くずの散乱する土間に、ぼとりと落ちた彼を見て大年増は、

「お天狗さまねえ。可愛い子じゃないか」

急に猫なで声を出す。泡界はちょっと顔をしかめて、少年に語りかけた。

「こういう見てくれだからって油断しちゃなんねえぜ。年頃のガキを見ると、すぐに筆おろしの相手を買って出ようとするのが、悪い癖の姐さんだ」

「なんですね。人聞きの悪い」

と言いながらも、手なづちと呼ばれた女は少年から目を離そうとはしない。初老の職人が呆れ顔で、ちっと舌打ちした。

泡界は、イガグリ頭を掻きむしった。

「それじゃあ、このお天狗がどれほどおっかねえか。少し見せてやろう」

取り散らかした部屋をざっと見渡して、隅の方に置かれた煙草盆に目を止めた。

「俗に『灰吹きから龍が出る』なんてェ言葉があるが」

有り得ないことを表わす諺だ。泡界はその煙草盆の把手に指をかけた。灰吹きは、盆に添える吸がら入れの竹筒だ。これには吐月峰という焼印が付いている。

「おい、お天狗。こ奴らにちょっと術を見せておやり」

少年は、掃除でも言いつけるようなその口調に少し眉をひそめたが、渋々呪文を唱えた。拍手をふたつ打つほどの間があって、火の気の無い吐月峰から一筋の煙が立ちのぼった。

男女の職人は、不思議そうにその細い煙を見つめる。と、竹筒の縁から指先ほどの小さなものが覗いた。

「あれ、何か出て来た」

「ヤモリの子でも入ってたかな」

そのトカゲみたいな生き物は、煙の中に身を躍らせると、ふわりと立ちあがる。

これが瞬く間に膨れあがった。

大人の腕でふた抱えほどもある鱗の付いた胴体が部屋一杯に広がった。突風渦巻き、そこら中の紙片やら家財道具が舞いあがる。

「わっ、吹き飛ばされる」

「何かにつかまれェ」

二人は悲鳴をあげた。音を立てて天井がめくれあがった。二人の身体が揉(も)み上げられて宙に浮く。

「ご、御勘弁、御勘弁」

「ははは、もういいだろう。そこらで止めといてやれ」

少年は手を打った。騒ぎは収まった。静まりかえった室内は元の通りだ。薄紙はそよともせずにぶら下り、諸道具ももとの位置に納まっている。

「あれえ、たった今、そっから」

手なづちは、震える指先で、灰吹きを指差した。

「……龍が立ち昇っていったんだけど」

泡界は、年増女の膝頭を小さく叩いた。

「なあ、手なづちの姐(あね)ィ。だから見た目で判断するなと言ったのだ。おめえが、こんな通力自在のお天狗さまに手ェ出そうってのは、百年早(はえ)えや」

手なづちがうなずくより早く、少年は泡界に言った。

「初めはお狐で、次は天狗ですか。あんまり変化扱いしないでおくんなさい。これでも三郎介(さぶろうすけ)という、親から貰った名がありますす」

「おや、おめえ。ついに名を御披露(ごひろう)申しあげたな。そうかい、三郎介か」

泡界は満足そうだ。外道の術者は普通、人にあまり実名を明さないという。理由は、名が知られると式神返し（御封じ）に遭うからだ。

泡界もそこを心得ていて、少年に強いて名を尋ねなかったのだろう。また長の居候暮しで、少年もようやく怪僧に心を開いたものらしい。

「おめえにやってもらいたかった仕事がこれさ。しかし、三郎介の名は」

ぽんと懐ろを平手で打った。

「今はここに収めとく。この商売、少々世間さまを憚るところがあるからな。だもんで、当分おめえも、しばしふたつ名で通すがいいぜ。そうさ、なあ。三囲さまで出合った宿無しだから『野狐』だ。下は……三次郎でどうだい」

口を挟む暇もない。少年が無言でいるのを同意と見た泡界、にっと笑った。

「よし決りだ。おい、二人とも。これから三次の引きまわし、よろしく頼むぜ。おっと、さっき耳にした御実名のほうは、頭の中からさっぱりと抜いといてくんな。お決り通りに」

男女の職人も、うなずいた。

「それじゃあ、新入りに渡世の鳥羽口を教えてやろう。そこにある刷りもん、一枚取ってくんな」

嫌も応もない。少年——三次は頭上に手を伸して、吊られた一枚を外した。

「読売り……ですか」

「そうだ。早刷り早出し。売り切ったら尻に帆かけて一目散の御存知読売り、別名瓦版さまよ」

「泡界さんも、売ってまわるんですか」

「俺は、主に話の筋を作る役だ」

泡界は、鼻をうごめかせた。

「先に俺のふたつ名を、せんみつ屋と言ったろう。僧形に不釣り合いな渾名の由来も、そこからよ」

三次は手の内にある刷り物へ視線を落した。

（……摂津国能勢郡、山城の境いは人跡稀なる山又山……深山大沢龍蛇を生ずるの譬え。去る頃より此なる深山に頭の直径二間、長さ二丈五尺を越ゆ大蜈蚣現われ、山中に迷い込みし牛を襲ってひと呑み……）

紙面一杯に巨大な蜈蚣が、牛に巻きつくおどろおどろしい図がある。傍らのもう一枚を読めば、こちらには、

「近江蒲郡上野田村、田鼠化して鴽となる」

とあり、ネズミが小鳥に化ける絵が付いていた。

（これはひどい）

三次は、吹き出した。

「やっぱり笑うかい」

泡界は恥かしそうに俯くと、鼻をこすった。

「お江戸のお茶らけ連は、おもしろけりゃ嘘にもお銭を出すのだ。その嘘だって、でかけりゃでかいほど大喜びする。俺らは、まずそうやって小銭を稼いで、その後に……」

良い気になってまだ続けようとしたが、手なづちにものすごい眼で睨まれて、泡界は言葉を止めた。

「へへっ、負うた子に道を説かれるじゃなかった。諭した年増に急所を握られるだな。いけねえ、いけねえ」

自分の頭をこつんと叩いた。


少年——三次の存在は、しばらくして、本人の好むと好まざるとにかかわらず、江戸の各所で密かに語り継がれることになる。

それより十数年後、幕末から明治の初めにかけて『野狐三次』を名乗る臥煙（火消し）や渡世人が群がり出た。戦前は股旅小説の主人公、果ては映画の登場人物として人口に膾炙したが、それ全て、後世の講釈師たちが、この三次をモデルに、扇の先で叩き出したヨタ噺である。

これについては、追々語っていくことにしよう。ともあれこの初代三次は、しばし怪僧泡界坊の一ノ弟子として、経読みならぬ瓦版読みの見習いを、何とは無しに始めることとなる。

とは言うものの、その暮し振りは以前と変りない。

白鬚明神参道の仕舞屋で、泡界と飯を食う。身のまわりの世話をする。時折は「師」と連れ立って浅草あたりの盛り場に立つ。

別に物乞いをするわけでなし。瓦版の立ち売りもしない。

ただ、浅草寺の下馬札前や、久米平内堂のあたりで終日、ぼんやり人の流れを眺めるのだ。

三次は、これも十日ほどで飽きてしまった。

「御師匠、これは何の修行です？」

堪りかねてその日の夕方、泡界に問うた。

「御師匠」は、困った顔で自分の尻を掻きむしった。

「おめえさんは、この道に達者と見えたが、わからねえかなあ」

少し悲しそうな口ぶりになって、

「唐（から）の国には、示道（じどう）という占術（せんじゅつ）があるが、知ってるかい」

「何か、聞いたような……」

「そうか」

泡界は、少し間を置いて尋ねた。

「では辻占（つじうら）は」

「それなら」

知っている。今では貧しい子供が売り歩く籤（くじ）の代名詞になっているが、以前は違った。古人（こじん）は、神が集うという道の辻や橋の袂（たもと）に立ち、そこを歩く人々の会話から啓示を受けた。それが辻占本来の姿だとされる。

「今の御時世、金龍山浅草寺の御境内ほど、神仏の強い御教えが伝わるところは無えのだ。江戸は海内一（かいだいいち）の大都市よ。住人の多くが暇になると浅草、両国の両所に繰り出す」

近頃、公儀はそれを嫌い、あの手この手で娯楽の場を減らそうとしているが、なかなか風儀は改まらない。

「盛り場に集まる江戸っ子は、口さがないものさ。人ごみに立てば、自然世の曲事（ひがごと）、御政道の誤まりなんぞが耳に入って来る。それが瓦版のネタになる」

たしかに理由を知れば納得できる。が、少々効率の悪いネタの集め方ではないのか。

三次の思いを見抜いたのか、泡界は薄く笑った。

「も少し我慢して、見ていてくれろ」

泡界は平内堂の石畳にしゃがみ込んで、視線を落した。

本堂に詣でた帰りだろうか。竹串に挟んだ虫避けの守り札を手にした町娘が二人。いそいそとやって来る。と、その内の一人が、

「姐さん、ちょっと待ってて」

石畳の前で、踵をめぐらせた。

「久米の平内さまに」

「何さ、千代ちゃん、願掛けかい」

姉貴株らしいのが言うのを尻目に、小娘は下駄を鳴らして泡界の鼻先を小走りに堂の中へ。袂から固く封をした文を取り出すと、格子の前に置かれた箱へ、お賽銭ごと投げ入れた。それから少しの間、手を合わせ、またいそいそと戻ってきた。

「姐さん、お待たせ」

「千代ちゃんが平内さまへ文付けとはねえ」

姉貴株の娘は含み笑いして、肘で小突く真似をした。

久米平内は縁結び、縁を強くする効験があるという。物の本にも、

「この平内、お文と言いて心に思うことを書状にしたため、堅く封じて堂に納めれば、たちま

ちにして願望成就……」

とある。

「いやね、姐さん、そんなんじゃないのよ」

千代と呼ばれた娘は、含羞んだように首を振り振り、言いわけした。

「当節、あんなに懐ろ具合の良い旦那は、そんなにいないでしょ。今あの人を逃したら、あたい、たちまち顎が干上っちまう」

「たしかに、今どき羽振りが良いのは、八丁堀のお旦ぐらいのものだねえ」

石畳の脇で耳をそばだてていた泡界の肩中が、ぴくりと動くのを、三次は見逃さなかった。

泡界は、襤褸袖の中に手を突っ込んでもぞもぞと動かし始めた。しかし、その表情は相変らず薄ぼんやり、放心の体に作っている。

千代と呼ばれた娘は言い訳へ言い訳を重ねるように、続けた。

「あたいは旦那にお出しする塩せんべいにも芝翫糖にも、日頃っから気を遣ってるのよ。でも、ここ数日、うちから足が遠退いてる。別ンところに行っちまったんじゃないかと、気が気じゃなくて」

「あんたが一生懸命なのは、何となく向うもわかってるでしょうよ」

姉貴株の女は、娘の袖口を引いて、堂の端っこに引っ張っていった。

「どうやら、あんたのお旦には別の都合があるみたいだ。これは、誰にも話しちゃいけないよ」

うなずく小娘へ耳うちするように、

「いま御奉行所は、御改革とやらで天手古舞いなのさ。水野様が御老中になって以来、いろんな御布令が、底の抜けた湯舟みたいにざざ出しなのは、あんたも知っているはずだ」

姉貴株は、さらに声を低めた。

「あと、半月もすれば、もっと手痛い御布令が出るって話だ。錦絵、地本でちょっと色摺りの良いやつは禁止。お祭りのお飾り禁止。そうそう季節外れの高値な初物も禁止になるってさ。八丁堀のお旦たちは、その用意で忙しくって、湯屋に来る暇もない。みんな据え風呂(家の風呂)一筋。早出の遅帰りだって」

「なーんだ。少し安心した」

「馬鹿ねえ。初物御禁止となりゃあ初鰹売りが困る。御料理屋も火を落すことになるじゃないの。こっちの商売にも、もろ響くこと必定。安心することっちゃない」

「ふーん」

小娘はぼんやりとうなずく。年かさの娘は舌打ちして、

「あんたも八丁堀の旦那が御贔屓筋なら、こういう話は真っ先に仕入れておくもんだ。まったく灯台もと暗しを地で行く子だよう」

それから二人はさらに二言三言、言葉を交した後、急ぎ足で歩き出した。

泡界は首を巡らせ、去っていく娘たちの尻のあたりを眺めていたが、そこでようやく袖口から手を出した。

その掌には小さな紙片と消し炭が収まっている。三次がそれを凝視すると、

「どうした。おれが、あの小便臭せえ小娘見て、あてがきでもしてると思ったか」

泡界は、苦笑いした。

「まあ、あてがきにゃ違いねえが、これは真生の宛て書きよ。おらぁ、あ奴らの言葉を密かに書き止めていたのだ」

おおっぴらに書き物が出来ない時、戯作者などは袖の内に紙を入れて、わからぬよう手さぐりに備忘録をとる。速記術というものは、明治になって広まったが、原始的なそれは、この時代にもあった。筆は使えないから、主に消炭で書く。文字も山伏の用いる符丁（山伏文字）を用いる。

「あの娘たちを何と見たかえ」

「そうですねぇ」

ちょっと見には、普通の町娘。しかし、言葉の端々に、蓮っ葉なところが感じられる。そう三次が指摘すると、

「よく読んだ」

泡界は紙片をひらつかせた。

「あ奴らは、湯屋の二階女だ」

江戸の町の銭湯には、二階座敷に世話女を置くところがある。もとは武士の両刀を預る場所だったが、いつの頃からか入浴客が碁や将棋をしたり、煙草を吸う休憩所と化した。菓子を置き、茶を入れるために、器量良しの女を置く。それを目当てに通う男客も多い。

「あいつらの帯の結び方を見たかえ」

「ええ、ちょっと変ってましたね」

「舌っ足らずの娘は吉弥結び。姉貴風吹かした方が変りのし結び。あれは葺屋町で流行っていた帯の締め方よ。元は芝居茶屋の茶運びでもやってた奴らだな。この御改革騒ぎに市村座が危くなって、湯屋の二階女へ商売代えした口だ。それも、坂本町の湯屋だな」

「よくそこまでわかりますね」

三次は驚くが、泡界はつまらなそうに、

「与力同心の旦那衆が行く湯屋なんてものは限られてる。八丁堀の真ン中辺に住む奴らァ、普通は水谷町の湯屋に行くのだが、近頃は坂本町・南茅場町に留湯（時間借り）する奴が増えたそうな」

「なぜです」

「あの辺は和尚が多いのさ」

ここで言う和尚とは僧侶ではない。町芸者のことだ。彼女らは、留湯でも平然と男女入込み（混浴）をする。八丁堀の旦那衆も、粋筋の白い肌が拝めるので、これを許している。また、客にその筋が多いとあれば、湯屋も二階女に良い女を揃えて、客を引き止めようと企む。

「八丁堀のこわもてだろうと、てめえの裸を見られてた女には気を許す。中には、勤め先の内情を洩らす奴も出て来ようさ。それがさっきの話というわけだが」

泡界は、坊主頭を掻き掻き歩き出した。

「何処へ」

「三次、おめえは一足先にお薬師裏に行ってくれ。俺は、ちょいと寄るところがある」

泡界は、着物の裾をさっとめくって尻端折りすると、浅草寺の参道を勢い良く走り出した。

3　本屋巡り

袖を振り振り泡界は、浅草広小路を渡った。

田原町から大岡主膳屋敷の辻番所を抜けて、堀田原と呼ばれる場所に出る。公儀馬訓し場と的場が並ぶ広々としたところだ。

その馬場の道を斜めに入れば、黒板塀が連なる静かな通りに変る。目立たぬながら小粋な造りの茅門がひとつ。

泡界は、注意深く周囲を見まわして、格子戸をそっと開けた。

門裏に植え込んだ目隠しの矢竹でカラカラと音がする。

「どなたです」

錆びた声が聞こえてきた。

「俺だい、泥亀よ」

泡界が答えると、庭木の陰から小柄な老人が出て来る。

「なんだ、泥亀坊さんか」

構えていた庭箒を下に降した。

「鳴子とは、やけに物々しいじゃねえか」

泡界が笑うと老人は、格子戸に寄って通りの人影を確めた。

「物々しくもなるさ。御時世とやらで、その筋の奴らが、このあたりにもうろうろしているのだ」

「うむ、用心にゃ越したこたぁねえからな。ところで」

泡界は親指を立てた。

「高屋のお旦は、御在宅かえ」

老人はうなずくと先に立ち、飛石伝いに庭へ向った。

「旦那さま、風狂五智殿が参られて候」

濡れ縁の方に声をかける。道場破りを案内する撃剣の弟子みたいな口調だ。

「なんと、泡界さんが」

浅黄の単衣に藍の三尺をだらしなく締めた、五十がらみの痩せた男が、縁側に出て来た。

「まあ、おあがりあれ。吉よ、例の茶を」

老人に注文すると、泡界を手招きした。

沓脱石に草履を荒っぽく脱ぎ捨てて、座敷にあがる。狭い階段を伝って二階に。

「まあ、楽にして下されここのところ筆耕に忙しく、かように取り散らかしているが、許されたい」

席につくと、主人は武家口調で言ったが、筆耕とは、銭を貰って筆を動かすことだ。並の武士ならば筆硯というべきなのに、これもおかし気なことだった。

たしかに、窓際の文机のまわりは、開いたままの書籍やら反古紙で埋っている。

「御気になさらずに。突然お訪ねしたこの坊主めの無礼ゆえ」

泡界も丁寧な口調で返した。窓辺に吹き込む涼風が心地良い。先ほどの老人が茶を運び、一礼して去った。

「『……住いはさまで広からねど、風雅を尽せし高殿（たかどの）の……』でござるのう」

泡界は、茶碗をとって一口含み、

「これは、栂尾（とがのお）の紅（べには）葉茶」

「恐れ入る。初夏にお出しするには少々季（き）違いながら、この味が忘れられず……。ああ、もう止めときやしょう。どうもこういう物言いは、互いに好かねえはず」

この家の主人は、がらりと態度を変えた。単衣の裾をめくって胡座（あぐら）をかく。

「泥亀坊さんも、膝をお崩しな」

「へい、では、お言葉に甘えやンして」

泡界もたちまち口調を戻し、膝を崩した。

「それで……前触れもなく、お前さんが現われるには、よほどのわけがお有りと見たが」

「へい」

声を低めた。泡界が語るにつれて、高屋の顔色が変った。

「越前守もついに本気を出し始めたな。初手（しょて）は初物狩り、次に錦絵・人情本の取締り。祭りの飾りや両国辺の見世物差し止めと来て、真打ちは芝居小屋になるだろう。あたしなんぞは、真っ先にお縄になるかも知れねえ」

「まさか。高屋の旦那は、御直参でござんすから、左様なことは」

泡界は、御直参というところでさらに声を低めた。高屋は、茶碗を脇に置いて言う。

「いや、わかンねえよ、仲間内の内緒話でも、これまでこの手の話はちょくちょく出ていたのだ。寛政以来、五十年振りの御改革だからね。越前守にゃ、恐れ多くも御大樹（将軍家）の尻押しがある。誰だろうとぶっ叩きの目にあうさ」

この旦那、高屋などと名乗っているが、これは屋号ではなく本姓だ。旗本小普請組、高屋彦四郎知久が正式な名乗り。しかし、戯作者名柳亭種彦の方が世に知られている。

「先代の文恭院さま、御折去なされて僅か四ヶ月だが、越前めにせっつかれて、新将軍は御英断あそばした、というわけだ」

文恭院とは、絶倫将軍と陰口を叩かれた徳川十一代家斉の法名だ。世子の家慶が十二代様を継いだ後も大御所として贅沢三昧に暮していたが、この年の閏正月三十日、風邪がもとでつい に死んだ。二月二十日に葬儀が行なわれ、江戸中が喪に服して、歌舞音曲も禁止となった。

「ようやくその禁令が解かれたばかりというのに、またぞろ御政道の引き締めたぁ、江戸っ子も、息が詰っちまうだろう」

高屋は、文机の上に乗った書き物に手を置いた。

「今日あたり、千代田の御城内でも、越前守めはいろいろやらかしているだろうぜ。そうだ、五智殿。すまねえがこの事を、大伝馬町小伝馬町あたりに伝えておくれな。こいつは少ねえが手間賃だ」

膝脇の手文庫から、金子を摑み出して泡界に手渡す。泡界はそれを目の上に掲げて一礼し、懐ろに収めた。

立ち上ろうとしてふと窓の外を見れば、障子の桟に柳の小枝が掛かっている。その向うには隣の屋根越しに隅田の流れが望めた。

（この見晴しの良さを求めて、ここを住いと定めたか。良い御身分だなあ）

一目千両がちょっと口惜しかったのか、泡界は、即興の小唄をひねった。

〽見はらしの、良き所こそ良けれと待乳山(まっちやま)、その山裾を背(せ)にあてて、隅田を前に控えしとお……

……

「いいねえ。流石は風狂五智殿だ」

高屋彦四郎は歌詞に惚れたか泡界の美声を愛(め)でたか、出て行く彼の背に向って手を叩いた。

その足で泡界は、小伝馬町に向う。

小間物や銅細工を扱う問屋の密集する通りの間に、練塀が見え隠れしていた。そこが名高い牢屋敷だ。

小伝馬町二丁目角、奥州屋。通称を業平礼二(なりひられいじ)という小道具屋の隣に、新吉原細見版元という箱看板が置かれている。

泡界は、蔦(つた)の紋と重(じゅう)の字を描いた暖簾(のれん)を潜った。

ここは写楽や歌麿の錦絵で一世を風靡(ふうび)した、蔦屋重三郎、その子孫の店だ。たび重なる御発禁騒ぎと企画外れで、天保のこの頃は店もすっかり傾いていたが、腐っても鯛。今も本問屋の寄合いで「二丁目の蔦屋」といえば、一目も二目も置かれる存在という。

暖簾の内は閑散としていた。畳敷きの帳場にも人は居らず、積みあげられた書籍の陰で、手代と貸本屋がこそこそと錦絵の値踏みをしている。

「えー、下谷山崎町から参りやした。旦那さんはこちらで」

泡界は脱いだ草履の埃を払って懐ろに収めると、ずかずかと奥に入った。

食い入るように錦絵を見ていた貸本屋が、ふっと顔をあげて、

「願人坊主が、昼日中から蔦屋さんに何用だろうね」

「はい、主人には御祈禱の筋がございまして」

手代はさらりと受け流した。

帳場の壁ひとつ向うは、天井の低い塗り籠めの小部屋になっている。

そこに夏羽織を着た若い男が、しきりに算盤を弾いていた。それが当代の重三郎だ。

「泡界さん。今日は何の御用だね」

色白の福々しい小男だが、見た目と異なり、人情本の摘発で数度の手鎖刑を受けても屈せぬ、豪胆な男という。

「田原町の方から申しつかりまして」

泡界が小声で言うと、重三郎は算盤を置いて向き直った。

「伺いましょう」

泡界は袖口で口元を拭うと、膝をにじらせて重三郎の耳元に顔を寄せた。それから小声で長々と語りかける。

重三郎の眉間に大きくシワが寄った。

「種彦さんは、版元みんなに知らせろと言ったかね」

「へい、高屋の旦那は、初手にこちらへお知らせするようにと申されて」

泡界はそう答えると、畳の半畳ばかり引き下った。

「わかりました。町方の手入れがあれば、うちのような札付きの版元などは、初っ鼻に踏み込まれましょう。とりあえず、押さえ（押収）になりそうな版木や春画を何処かに」

重三郎は口をつぐんだ。それ以上、手の内を明かす必要はない、と踏んだのだ。

「これは、お礼です」

と文机の引き出しから二分銀をつまみ出して紙に包もうとしたが、泡界は首を振った。

「そいつは結構で。高屋の旦那から、たっぷりといただいておりやす」

「そう言いなさんな。お足ってものは幾らあっても荷物にはなりませんよ」

重三郎は、にっこり笑って包みを泡界の手に押しつけた。

「こりゃあ、どうも」

では、いただきやすと頭を下げて、泡界は腰を上げた。

「もう行くのですか」

「へい、これより大伝馬町から弥左衛門町、本銀町と、まわるところが山のようにありますんで」

店の土間に出た泡界は、懐ろの金剛草履を抜いて爪先さぐりでつっかけると、手代に一礼して走り出た。

この日の泡界は忙しい。夕刻までに同じ小伝馬町の大店丁字屋平兵衛、馬喰町四丁目の菊屋幸三郎方など八軒の大版元や大手貸本屋を駆けまわった。

柳亭種彦の「使者」だから、あらかたは丁寧な扱いだったが、新出来の本問屋の中には、泡界の人相風体を見て邪険に扱うところもある。

鍛治橋東、吾郎兵衛町の中屋徳兵衛方を訪ねた時は、暖簾を潜りかけた時、店の前を掃いていた小僧に、箒で叩かれた。

「おい、願人。物乞いなら裏にまわりやがれ」

「手ひどいことする小僧さんだ。愚僧は御主人徳兵衛さんに、用があって参るのだ」

「うまいことぬかしやがって。店の春本でもちょっくら持ち（万引）しようって魂胆だろうが、そうは問屋が卸さねえぞ」

箒の柄で散々に小突きまわされた。

（情無え。こんなことなら、三次の奴を連れて来りゃよかった）

見た目、卑し気ではないあの少年なら、こういう失礼な店にも受け入れてもらえただろう、と一瞬思った。しかし、右も左もわからぬ駆け出し者に、危い生業の手伝いをさせるわけにはいかない。

（高屋彦四郎が柳亭種彦というのは、仲間内にも知られちゃあならねえ）

殴られっ放しの泡界は、ほうほうの体で五郎兵衛町の通りを逃げ出した。

「おととい来やぁがれ」

店先から罵声や嘲笑の声が浴びせられる。願人坊主というものは、えてしてこういう扱いを受けるが、流石の泡界も腹に据えかねた。

（ちくしょう、この中屋だけは）

以後、連絡外しだ、とつぶやいて溜飲を下げた。


全てを終えて、番場町多田お薬師裏に戻って来た頃には、大川の水面を暮六ツの鐘の音が渡っていく。

「あれまあ、泡界さん。その額のコブはどうしたことだね」

手なづちの姐御が、目ざとく見つけて声をあげた。

「右も左もわからねえクソ小僧に叩かれて、このザマさ」

「今、打ち身の薬を出してあげよう」

紙クズの山を掻き分けて薬箱を見つけると、土間に降りて竈の前に立った。ハマグリの容器に詰めた黒い軟膏を取って、置き炭の火で温め始める。

「何ンだえ、それは」

「本所蕪木の撃剣道場から貰って来た貼り薬ですよ」

本所一ツ目の一刀流蕪木道場は、柄の悪い小旗本の子弟が多く通う。手なづちは時折り、紙問屋の行き帰りにそ奴らの中から女に生ぶそうな者を誘い出し、初物食いを楽しんでいた。

「夜鷹の真似事をして膏薬貰いか。粋なもんだな。いてて」

手なづちが軟膏を塗りたくった布を、荒っぽく張りつけた。

「これだけじゃあ、治りませんよ。散薬を一緒に飲んでこそ、膨れも引くんです」

これも竈に掛けてあった鍋の湯を取った。

「薄っ気味悪い飲み物だなあ」

「石田散薬ですよ。多摩の浅川でとれる茨を煎じてます。ひどい打ち身のシコリも二日ほどで引っ込みます」

これを作っていたのが、武州石田の土豪土方家である。後の新選組副長土方歳三は、若い頃にこの家伝薬を担って、江戸の町道場を巡り、撃剣の修業をした。

その折りに手なづちから別のお教えを受けたと書けば、話がおもしろくもなろうが、残念ながら土方が函館で死んだ歳から逆算しても、この頃は僅かに七、八歳だ。後に松屋呉服店へ丁稚に入り、店の小女を孕ましたという早熟なこの男も、筆おろしは無理だろう。

「ひどい目におあいなすった」

足なづちと三次も、心配そうに泡界の膏薬顔を覗き込んだ。

「まったく、五郎兵衛町は俺にとって鬼門だなあ。それで……」

彼は話題を変えた。

「本は刷り上ったかい」

「出来ましたよ。あとは綴るだけで」

泡界は、足なづちが指差す紙の束に目をやった。

「おい、三次」

泡界は少年に命じる。

「こいつを半切りにして、糸綴じするんだ。明日は、仕事に連れてってやる」

刷師の手なづちが、バレンを動かす手を止めた。

「泡界さん。読売りは早ええだろう。少し右や左を教えてっからに」

「いンや。早かねえ。こういう商売は、教えるより慣れろだ。それにこ奴は」

力一杯、三次の肩を平手で叩いた。

「お狐さまよ。いざとなりゃあ、例の手で」

三次は、泡界に叩かれたところが存外に痛かったのか、顔をしかめた。

4　溜湯の客

この日――天保十二年（一八四一）の四月十六日――は、政治史の中でも特記される日となった。

ちょうど泡界と三次が、浅草寺の参道で、通行人の会話に聞き耳を立てている頃だ。

その朝、若年寄の林肥後守忠英は、新将軍家慶の世子家定誕生日とて、非番の日ながら辰ノ刻（午前八時頃）、千代田に登城した。

先代の将軍、家斉の大御所政治に携わり、幕府「三佞人」の一人として悪評紛々たるこの男も、大御所逝去の後は、己れの力に僅かながら陰りが出始めたことを自覚している。

が、この日、城中西ノ丸において祝いの品である美濃の鮎を賜わり、小納戸役に御肴御礼の言上をした後は、

「わしもまだまだやれるぞ」

という気分になって、若年寄の部屋に戻った。

そこに、御坊主が控えている。

「何ぞ」

「御老中御方々（おんかたがた）、御用にて」

御坊主は、恭しくそう言うと顔を伏せた。

（ふむ、何の御用か）

忠英は、急ぎ廊下を渡って、老中控えの間に入った。

部屋は細長く、存外に狭い。大老の井伊掃部頭直亮（いいかもんのかみなおあき）、老中首座の水野越前守忠邦（ただくに）など五人の男たちが文机の前に居並んでいる。

こういう時は、部屋の敷居前に座るのが通例であった。忠英はその通りに膝を突いた。

御坊主が背後の襖を閉ざそうとした時、あわただしく男が書状を手に現われた。それが将軍の意を伝える奥右筆の一人であることを忠英は知っている。

老中月番の太田備中守が受け取り、これを大老以下三名にまわした。

最後に老中首座へ書状が届いた。越前はしばし沈黙の後、重々しく言う。

「おそれ多くも、仰せ渡されの子細（しさい）あり。これより申し渡すべく候」

忠英は驚く、というより不審が先に立った。なぜなら、将軍より老中を通じての仰せ渡しは、事前に通達するのが通例であったからだ。

「あ、いや、さほどの仰せ渡しなれば後日、熨斗目（のしめ）に衣服を改め、お受けいたす」

忠英は言い返した。それが城中での礼儀というものだ。その日の忠英は、平常の継上下（つぎかみしも）姿である。

「控えよ、肥後守」

水野越前守は一喝すると、かまわず書状を読みあげた。

「林肥後守忠英。その方儀、勤め方思し召しに応ざざるの段、不届き候に付き、御役御免申し付けらる。御加増分八千石、屋敷ともに召し上げ。差控え仰せ付けらるるものなり」

よって執達、件のごとしと越前守は一気に読み終ると、忠英の背後に顎をしゃくった。柳営の御坊主の中でも体力のありそうな二人が進み出て、忠英の身体を押さえつけた。

忠英はあまりの事に抗う気も失せて、ずるずると室外に引きずられていく。坊主どもが別室に控えていた忠英の家臣らを呼び出し、その身柄を引き渡した。

左右から支えられ、廊下を去っていく忠英の気配。それを感じつつ老中首座越前守は、内心ほくそ笑んだ。

(最初の一手は、順調にいった)

まずは三佞人の筆頭に鉄槌が下されたのだ。

(若年寄の儀は、これで良し。次は大御所御側御取次。その次は西ノ丸小納戸頭取の順だな)

しかし、昨日までの権力者に引導を渡すこの快感は、何としたものだろう。越前守は身の内が震える思いを押さえ、つとめて仏頂面のまま言った。

「次は水野美濃守を呼べ」

大老の井伊は相変らず無表情だが、月番の太田備中守は激しく頭を振った。

(この男も、追放劇を楽しんでいる)

備中守は、襖の前に控えた御坊主に命じた。

「御側御用人美濃守は、いずれにある。即刻、召し出すように」

全てを心得ているその御坊主は、背を丸めて廊下に消えた。その陰鬱な動作が越前守には、まるで厄病神の使いに見えた。

（勝者必衰か。いや、同情など無用のことだ。天下安寧のため、権臣（ごんしん）は消さねばならぬ。今日、この場から本当の御改革が始まるのだ）

越前守の胸中には、すでに佞人追放後の道筋が見えていた。ありとあらゆる階層に向けた通達案が、胸中に渦巻いている。

泡界や柳亭種彦が恐れていた「御改革」の締めつけ強化は、ついにこの日、この老中御用部屋で、その一歩を踏み出したのである。


むろん、泡界はそのような政治事（まつりごと）の激変など知るよしもない。

しかし、彼には戯作という裏稼業に携わる者独得の気働きがあった。

否、左様な高等なものではないだろう。獣が危険を感じる時の、直感のようなものだ。それが彼をして、湯屋勤め女の立ち話からキナ臭いものを嗅ぎとらせ、柳亭種彦への御注進となった。

その晩、紙の綴じ付けを終えた三次を、泡界は湯屋に誘った。

「家の据え風呂じゃあ、いけないんですか」

寺島の荒ら屋には、小さいながらも小判形の木風呂がある。

「明日は、おめえさんの初舞台だ。ろくに垢も取れねえ据え風呂なんぞより、たっぷり手足を伸して、隅々まで洗える大風呂が良いだろう」

「はあ」

しかし、湯屋にも断わりということがある。僧侶といっても願人は乞食職扱いだから、湯屋によっては木戸を突く（出入り止め）ところも有ろう。

「下谷山崎町か橋本町の湯屋ですか」

三次は聞いた。そこには願人専用の湯屋があるという。しかし、泡界は、

「ンな遠くに行っちゃあ湯冷めしちまわぁ」

お薬師裏で真新しい手拭いを二本買うと、隅田沿いの帰り道をでれでれと歩いていく。道々、

「なあ、お狐。おめえさん、芝居は好きかえ」

泡界が尋ねる。

「オデデコ（安い芝居小屋）には、何度か行ったことがあります」

「そうかい。瓦版は芝居っ気が無けりゃ売れねえものだ。覚えた台詞のひとつもあれば、ちょっとここで披露してくんねえ」

三次は少し首をひねり、咳ばらいをひとつくれてから、

「『雨の降る夜も風の夜も、通り廓の上林。夜の契りも絶えずして、明くるわびしき葛城と、しっぽり濡れし濡れ燕』」

「『……無法無体の行き違い。よけて通すも恋の道……』」

泡界は三次の後を気持ち良さ気に続けて、ぽんと少年の肩を叩いた。

「名古屋山三だな。もう二十年も前、市村座で流行った『鞘当』も、オデデコに落ちて来たか

え。しかし、武家モンとは固くていけねえ」

泡界も咳ばらいすると、歩幅を変えた。

「『……コレ、お組(くみ)さん、どうじゃいな、どうじゃいな。なに、告げる。告げなはれ。告げる八方外(はっぽうそと)が浜(はま)、鬼棲(す)む里もまだおろかほんの少し、これっきり。これお組さん』……」

最後の方は、裏声になった。すでに日は落ちて夜道だが、ちらほらと人の行き来がある。泡界の奇っ怪な語りを気味悪く思ったのか、若い男女が土手を駆け降りていった。

「おや、びっくりさせましたか。こいつは茶番の習練であったわいの。御免なさいよ、はい御免」

泡界の芝居口調は、とどまるところがない。三次は怪僧の台詞が何の芝居からとられたか知っている。

(この人は上方(かみがた)芝居にも詳しいのか)

天明四年(一七八四)。浪花の角(かど)で四代目の団蔵がやった、願人坊主が主人公の芝居。その名も「法界坊」というそれは、江戸芝居に比べ、少しエゲツナい物言いが特徴だった。

「と、まあ、こんな具合に、まず軽々と語って客を集めるのが胆(きも)だ。肩ヒジ張らねえ口上がキモよ」

そんなこんなで賑やかに堤の道を行けば、住いの寺島をとっくに過ぎて、左に見えるは法泉寺。

「ぼろろんが聞こえて来ねえかい」

ぼろろんとは、法螺貝の音のこと。三次は耳を傾けた。たしかに聞こえる。しかし、山伏の吹く貝に比べて、なんとまあ、力無ぃ。間の抜けた吹き立てだろう。

「あれが隠れたお江戸名物。湯舟よ」

何の事かわからず三次は泡界の後に付いて土手を下った。真菰の間に船板を渡した桟道が一筋。向う岸は橋場の渡し、と杭に書かれた横に荷船のようなものが舫われている。

「おい、親父。興気はどうだい」

舳に立つ船頭姿の爺さんに、泡界は声をかけた。

「良いわけねえや。これだけ吹き鳴らして最初の客が、願人坊主の二人連れじゃあなあ」

憎まれ口を叩く爺さんの首には、小振りな法螺貝が下がっていた。先刻の吹き音の主は、どうやらこの老人らしい。

「でも先客が、いるみたいです」

三次は船着き場のまわりを見まわした。水草の茂みに、三人、四人と貧し気な女たちが輪を作っている。

「ああ、あの姐さんたちは、薬湯待ちだぁな」

爺さんは苦笑いして、後は黙り込んだ。

湯銭を払って、二人は船の上にしつらえた小屋に入り、衣服を脱いだ。次の戸を開ければ、そこは何と湯殿になっている。

「新湯だぜ」

岡湯で股間と脇を洗って湯舟に入れば、湯加減は上々。川面を渡って来る真菰の香りが湯気と混り合い、まさに薬湯の気分だ。

「文字通り湯舟ですねえ」

「大川に浮く湯屋よ。ここにゃ願人だの乞食だのと文句を言う町屋の客もいねえ。手足伸ばせば命も伸びるって寸法だ」

板の間の窓越しに見えるのは隅田向う岸、朝日神明宮の森。今しもそこから渡し船が一隻、こちらに向っている。

「すまねえがな、三次兄ィ。背中を流してくんねえ」

泡界が、備え付けのぬか袋を手に呼びかける。これも弟子の仕事とて、三次は後にまわった。紅(もみ)の袋を桶に入れて、ふと顔をあげると目が止った。

泡界の大きな背中がある。そこに、右肩から左の脇にかけて、鉄砲弾の疵が広がっていた。

三次が僅かに垢(あか)すりをためらっていると、それと察した泡界は、ちょっと恥らうように、

「ちょいとした傷だろう。昔噺の土産って奴だ」

「どうしたんです」

「俗世の頃に、猟師の女房と間男(まおとこ)沙汰よ。見つかって射たれて、辛くもかわした名残りがこれさ」

泡界は、ぱしり、と肩先を平手で打った。

しかし、どう見てもそんな生やさしい疵跡ではない。

「正面から射たれてますね。背の抜け口が大きい」

三次は思わず知らず、踏み込んだ物言いをした。泡界は、ちょっと頬を強張らせたが、すぐ

に元の表情に戻って、明るく答えた。

「良い御見立てだ。いかにも蛸（たこ）にも、相手は真正面から来やがった。九死に一生ってやつよ。若けえ時の色事は見さかい無えというが、もうあんな目にあうのは、こりごりだぁな」

泡界は、古疵の上の垢っ掻きが気持ち良いのだろう。ほうほうと、ひとしきり奇妙な声を張りあげた。

しばらく、二人は背中の流し合いをしていたが、その頃になると、少しずつ客が増えて来る。皆、寺島村、須田村の百姓衆だ。泡界は、手拭いで背を隠しながら、三次に目くばせして、

「ええ、ごめんなさいよ、あがりでござい」

顔見知りに挨拶つけて、湯殿を出た。

衣服を身につけ舳にまわると、湯舟の爺さんが、

「江戸っ子の生まれぞこない、湯屋の長（なが）っ尻（ちり）だ」

銜え煙管（きせる）で嫌味を言った。泡界と三次は苦笑して桟橋を下る。水草の陰の女たちは、まだそこにいた。

泡界は、その中の一番歳を食っているとおぼしき女に声をかけた。

「お稼ぎかい」

「これからさ。こんな商売でも、肌を磨いておかなきゃあねえ」

派手な薄物をまとった大年増だ。その襟元は白粉にまみれている。

「湯殿に客が増えてる。待ちは長かろう。これは少ねえが、あそこにたむろしている姐さんたちに、酒でもまわしてやってくれろ」

泡界は袂をまさぐり、幾ばくかの銭を摑み出した。

「乞食坊主が御喜捨たぁ、世の中逆立ちだが、受け取ってくんねえし」

「ありがとうござんす」

大年増は、銭を目の上に捧げた。

「いつもいつものお気遣い。この御恩は……」

「良いってことよ」

袖をひと振りして泡界は土手にあがると、真菰の原を見返す三次に言った。

「あの女たちゃあ、対岸のな、浅草山下町辺の、夜鷹商売の者よ。可哀そうに、みんな下の病い持ちでな。遠慮して終い湯を待っている。湯舟の爺さんは、その最後の湯を薬湯にして、女たちへの功徳を施しているのさ」

「嫌味な老人に見えましたが」

「ま、ヘソ曲りだ。今どき、そういう奴じゃねえと、湯舟の親父にゃならねえもんさ。さあ、家で飯にしようぜ」

二人は法泉寺脇の百姓茶屋に寄り、酒を三合と煮染めを少々買って帰ることにした。

未明。北町同心の秋山長八郎は、布団を跳ね退け、がばりと起きた。寝起きの良いのが、この男の取り得だ。

大きく伸びをすると、枕元に散乱する書き付けの山を踏み散らして障子を開けた。

「与助、よすけー」

屋敷勤めの小者を呼んだ。よく通る声である。この太い声は八丁堀の名物で、通りを隔てて西隣りの、細川越中守中屋敷の裏口が、それを合図に開くという噂だった。

小者の与助は慣れたもので、平然と廊下にかしこまった。

「へっ、お早ようござい、旦那様」

実直そうな初老の男だが、これで町内に出入りする目明しや奉行所小者には、顔がきくという。

「昨夜は、また書き散らしてしまった。片付けておいてくれ。俺ぁ、湯屋に行ってくる」

長八郎は、白衣の上に弁慶縞(じま)の派手な小袖を羽織る。与助があわててその着付けを手伝いながら、

「まだ、早ようござんす。木戸も開いたばっかりで」

と言ったが、長八郎は首(かぶり)を振った。

「坂本町まで足を伸すぜ。為朝(ためとも)の湯(ゆ)なら、釜に火も入ってる頃合いだ」

「へい、左様(さい)で」

ああ、また旦那の妙な癖が始ったか、とぶつぶつつぶやきながら、与助は奥に引っ込んだ。

長八郎が通りに出ると、北島町の町民たちが道を掃いている。彼らに気易く挨拶を交しながら長八郎は、九鬼式部屋敷の前を抜けて、山王社お旅所向いにある湯屋の赤い暖簾を搔き分けた。ここが通称「為朝の湯」。

彼の読み通り、土間には湯気が満ちていた。帯差しの刀を取って右手に持ち、階段を上った。

茶釜に水を入れていた湯屋女が、

「まあ、秋山の旦那」

とろけるような声を出した。長八郎は、まんざらでもない様子で刀掛けに愛刀を置いた。俗に言う八丁堀の七不思議「女湯の刀掛」、というものだが、別に湯屋の二階は女湯専用ではない。しかし、接待女に荷物や刀を見張らせておく、という仕組みは良く出来ている。

「お千代坊、久しぶりだ。息災にしていたかえ」

「ずいぶんお顔をお見せにならないので、心配しておりました。御役目繁多と伺いましたが、御景色も良ろしいようで」

お千代は、湯屋女にしては武家奉公女のような口をきく。これも八丁堀の、湯屋女の習いだ。

「おめえも知っていようが、こういう御時世だ。忙しくって、ずっと据え風呂一辺倒だったが、またぞろ……いや、何でもねえ。お千代坊の顔が拝みたくなってなあ」

「うれしいこと、おっしゃいます」

二人はひとしきり会話を交す。窓の外には雀のさえずりに混って、浅蜊むっきん、という貝売りの声が流れてくる。

「じゃあ、後でまたな」

長八郎は、階下に降りて湯屋番へ声をかけると、女湯に入った。

これも町方の特権だ。湯屋に金を払って留湯（一般の入浴止め）にすれば、朝湯好きの男衆とも鉢合わせすることなく、新湯を充分に楽しむことができる。

湯屋女にも預けなかった十手と脇差を、そこでようやく湯屋番に渡し、衣服をくるめた。

流し場から石榴口を潜ると、人の気配がある。

「おや、秋山の旦那。お早ようございい」

湯舟に浸かっているのは、坂本町の駒菊（こまぎく）という町芸者。

「応よ、おめえさんも早いな」

「なにね、ここんところ御改革とやらのおかげで、お座敷が減ってますからねえ」

「楽しみは、起きがけの湯ばっかりかえ」

長八郎は芸者の軽い嫌味をさらりと受け流して、湯舟に浸かった。

前にも書いたが、町芸者は、留湯だろうと何だろうと平気で入って来る。彼女たちも、この町内では、そんな無言の特権を持っていた。

むろん、留湯をする町方にも否やはない。朝っぱらから小ぎれいな女子の裸体が楽しめる。事によっては、洗い場で何事か起きるかも、という期待感さえ抱くことができた。

寛政の御改革以来、何度も発せられた男女混浴の禁止令だが、取締る側の人間がこの体（てい）たらくでは、

（御禁令もザル同然だなあ）

長八郎は、ザブリと湯を顔につけた。心なしか隣に浸かった駒菊の、脂粉の香りが感じられた。

「旦那、何か威勢の良いお話は無いもんでしょうかねえ」

駒菊は、湯舟の中で長八郎にすり寄ってくる。

（そら、来やがった）

湯の中にうごめく町芸者の白い肢体がまぶしい。いや、実際には湯舟まわりは薄暗く、ぼん

やりとしか見えないのだが、長八郎には子供の頃から慣れ親しんだ実家仏間絵の、迦陵頻伽が示現したかのように感じられた。

「威勢の良いとは、何かえ。銭になることかい」

途端に長八郎は鼻白んだが、粋が売りの芸者も内情は苦しいのだろうと同情心が涌いて、

「景気なんてものは、御蔵前の札差に聞くものだ。八丁堀にゃおかど違いだろうが、そう突っ放すのも無情な話だな」

長八郎は、太股に当る駒菊の肌の感触を楽しみながら、もったいぶって語り出す。

「得とはいかねえが、損をしねえよう立ちまわることはできる」

「ありがとうござんす」

「俺らに内々の差し紙がまわって来た。近日、新しい御布令が出る。初物の高値取り引き、祭礼の節約、練り物の差し止めは以前からだが、五月の節句の外飾りも禁止。版木の多い錦絵禁止。六月になると、寺社の出開帳禁止……」

「ちょ、ちょっと待っておくんなさい。盛り場の火が消されちゃあ、私ら町芸者はどうやって生きろというんです」

駒菊は胸も露わに半立ちとなった。

「姐ィ、あわてるねェ」

長八郎は、顔前にある薄桃色の乳首に目を細めながら、彼女を座らせた。

「料亭遊びの御常連から遠ざかって、隠居所や御屋敷の遊び客に切り替えるんだな。衣装も晴がましいものを着て歩いちゃあなんねえ。尾張町での一件は聞いているだろう」

弥生三日の雛の日に、尾張町から芝口に出るあたりを着飾って歩いていた町娘が、贅沢禁止の令に逆らったと目付直支配の同心に因縁をつけられたあげく、衆人環視の中で着物をはぎ取られた。娘は恥かしさのあまり、家に帰ると首を吊ったという事件だ。

「ああいう非度い話は、もっと増えるぜ。なに、着替えを持って仕事先に行けば良いだけの話よ。今のところ、道で持ち物調べまではしねえはずだ」

「早目に御得意先を変えるのですね」

「なんだえ、町芸者が。まるで八百屋か醬油屋の手代みてえな口をきく。けどまあ、そうやって稼ぎを守るこった。いずれ、お仲間が、どっとそっちへ流れ込む」

「良いお話を伺いました」

それだけ聞いた駒菊は、手拭いで前を隠すと、湯舟の縁をまたいだ。

「旦那、ありがとうございます」

一礼すると、す早く石榴口の向うに消えた。現金なものだ。

「ちえっ。も少しもったいぶって話せば良かったなあ」

長八郎は、膝のあたりに残った肌の感触を思い出しながら、湯舟に顎まで浸かり込んだ。

5　読み売り

泡界と三次も未明に起き、井戸端で身を清めた。荒塩を額、両脇、股間に擦り込んでいく。

これが瓦版売りの、町売り前の作法になっている。一種のおまじないだ。そうしておくと、もし小役人目明しなんぞに因縁つけられても、すぐに逃げられるという。

「誰が始めたんだかなあ」

と言いながらも、泡界はさして面倒臭がること無く、その作務を終えた。

それから朝餉の段となる。この日は特別に、飯に卵子を二個ずつ付けた。

「吉原(なか)の帰りじゃあんめえし、何を精つけてるんだかと思うだろう。しかし、こうしておけば」

いざという時、逃げ足も速くなると泡界は、茶碗に割り入れたそれを、ぐっと飲み込む。

「まるで、お蛇さまですね」

と言う三次の方は、お上品に納豆へ混ぜて卵納豆を作った。それらを手早く食べ終ると、

「着代えようや」

泡界は奥から畳紙(たとうし)の包みを出して来た。

開ければ、一着が三筋縞(みすじしま)、もう一着が滝縞(たきじま)の単衣だ。よく見れば、滝縞の裾には鯉の頭がのぞいている。滝登り図めかした柄である。

「おめえは、こっちの大人しい方を着ろ。帯は萌黄(もえぎ)の三尺が良かろう。俺は紺色にする」

着衣については泡界、なかなかに口うるさい。

「おっと、帯の締め様にも、やり方があるんだぜ。『江都(こうと)職人歌合(うたあわせ)』てえ読本にはな。ともかく、草紙読み(瓦版売り)は、着衣が粋(いき)なるべしとある」

泡界は世話焼き婆のごとく三次の襟元を直し、裾の長さを確め、三尺帯をぐっとしごいた。

『流行の縞柄（しまがら）色合い好みて、三尺は上下に過（す）ごさず、結び目は前を除（よ）けて緩急（かんきゅう）の加減を失なわず』ってえのが、着こなしの鉄則だあな」

よし、出来たと三次の腰を、ぽんと叩き、

「ぐるっとまわってみな」

三次が袖口を摑んで、案山子（かかし）のように身体をまわすと、

「チキショーめ」

泡界は少し怒ったようにつぶやく。

「もとから見晴えする奴は、何着せても似合いやがる」

怒っているのではなく、嫉妬（しっと）めかした褒め言葉とわかって、三次はほっとした。

「柳原の土手で買ったとは、とても思えねえ」

余計な事まで言った。神田柳原は、江戸で最大の古着屋街である。

「ま、せっかくの色男も、手拭いに編笠じゃあ、台無しだがな」

最後に、柳へ燕（つばめ）が飛ぶ柄の手拭いを天窓（あたま）から肩先に垂らし、船頭編笠を小脇に挟む。

「これで出来上りよ。おっと、両の手を出しな。爪を見よう。ふむふむ、一寸（ちょっと）の垢（あか）も無えようだ。結構、結構」

これで瓦版売りの姿形（なり）だけは、完成となった。

後世の、芝居やテレビ映画での瓦版売りといえば、裾に吉原つなぎの紋様を染めた半纏（はんてん）。着物は尻っ端折り。股引き立ち。頭に折り手拭いを乗せて、

「さあ、事件だ、買っとくれ」

などと叫び散らす姿で描かれる。が、しかし、あれは両国あたりの見世物小屋で、客引きする木戸番の格好だろう。

実際の読売り瓦版売りは、御上の目をはばかる、半ば非合法活動者なのだ。

お目こぼしを受ける代りに、多くが面(つら)を隠し、竹の棒で紙面を叩き、低い声で唄いながら立ち売りをする。うまく客がついて、ここいらが潮刻と見たら、さっと引きあげ知らんぷりという陰売り商売である。


「さあ、商品を風呂敷に包んでな。おっと、折り目をつけちゃあ、買い手が嫌がる。大事に抱えていくんだぜ」

泡界も手早く着替えて、壁に掛けた二十四節気(せっき)江戸暦(こよみ)の書き込みを確めた。

「亀戸の天神さまは、例年四月七日から雷除(かみなりよ)けが出る。時節柄で、藤の花も頃合いだろう。こっからは、そんなに遠(とお)かぁねえ。おめえの初仕事には、良いところだ」

「はい、おまかせいたします」

それから二人は、編笠をふたつ折りにして、これも風呂敷に隠した。格子戸の桟に乗せた枡(ます)から火打ちを取って切火すると、戸閉りもせず、

「ンじゃあ、行こうか」

いつものように土手には上らず、善左衛門新田を目差して歩き出した。

江戸切絵図に「このあたり松の名所なり」と書き込みがある通り、畔に植わった黒松の枝振

りがどれも良い風情を見せている。

堀を渡って第六天、飛切（飛木稲荷）の脇を抜ける時、ちょうど藁葺き屋根の軒下で、これも鉢植えの小松をいじくっている老人と目が合った。

これは在の者ではない。浅草大旅籠町から越してきた御隠居で、何がおもしろいのか日がな一日、百姓仕事の真似事で生きている。

「おや、泡界さん。お稼ぎかい」

老人は、かねて顔見知りの口をきく。

「そうさ、とっさん、これから柳島橋を渡って向うだ」

「ふうん、今日は天神様か」

「そうさ、とっさん、藤の噂は聞いたかえ」

泡界は尋ねた。老人は小松の枝をつまみながら、首をかしげた。

「藤は日限強（し）して定めがたしと言うなあ。今年はまだ耳にしちゃあいないよ」

立夏より半月ばかり過ぎた今頃が亀戸天満宮藤の花見頃とされているが、この藤の花が気紛れ者で、名所絵図にも、

「年によりて大いに遅速（ちそく）あり」

と記されているくらいだ。

「まあ、咲きが遅けりゃこれまた話が出よう。そんな噂も聞かないから、いつも通りに咲いていようさ」

老人は、そう答えると小鉢の松をためつすがめつした。

「ありがとうよ、とっさん。これは新刷りだ。取っといておくんなさい」

泡界は、風呂敷の内から一枚抜いて渡した。

「ありがとうさん。時節柄、亀戸村にも犬臭いのが大勢出張(でば)っているから、ずいぶん気をつけてお行きなさいよ。ま、お前さんなら、心配いらないか」

老人は貰った刷り物を無雑作に袂へ放り込むと、再び鉢いじりに戻った。

二人はそれから松林の途切れたあたりで、頬っ被りをした。手拭いを頭に慣れさせるためだ。編笠の方は目立つから、まだ被らない。

「さっきのとっさんは、利平(りへい)さんと言ってな。昔は公事宿(くじやど)で少しは知られた人だったが……」

公事宿は、訴訟事で遠方から来た者を泊める宿だ。そこの主人は、事務手続や文書の作成も代行する。

「……何事かあってお上に睨まれてな。商売を人に譲った。ああして韜晦(とうかい)していなさるが、今も油断ならねえ事情通さ」

手拭いの端を気にしながら、泡界は教えた。三次は首をかしげて、

「とても、そんな昔がある人には見えませんでしたが」

「まあな、そうは見えねえ楽隠居姿てえのが、良いのさ。ああいう御仁を何人知っているかで、瓦版売りの格もきまるのだ」

野の道幅が少し広くなり、棒っ杭に「左六阿弥陀道(ろくあみだみち)」と書かれたあたりまで来ると、ぽつぽつと人の行き来がある。

把手の長い水桶を天秤(てんびん)に担って、金魚売りが行く。苗(なえ)売りも、茄子(なすび)や黄瓜(へちま)の苗を糸立(いとだて)に包ん

で、これも天秤に前後して舁き過ぎる。どちらも季節柄の御商売だが、売り声を発しない。皆、このあたりから江戸の市中に出る者たちなのだ。これらは皆、六阿弥陀道の橋を渡って小村井から亀戸に出る。

泡界たちも橋を渡り、吾妻大権現の御神木裏で、やっと畳んだ編笠を広げた。

「もひとつ橋を渡れば亀戸だが、そこの香取神社脇から先が剣呑だ。まあ、波風立てねえやり方もある」

なるほど、小橋を渡ると泡界の歩き方は、だいぶ用心深くなった。笠を傾けて梅屋敷裏の境町まで小走りに行き、一軒の茶店へ入る。

「お願えいたしやあす」

裏の戸を開けると、そこに店の亭主らしき者がいる。先程の善左衛門新田の隠居に比べると、ぐっと下卑た感じの老人だ。

「ここに」

と手前の箱へ銭のおひねりを置くと、老人は黙って竹の棒を二本渡した。先には小さな亀の土細工が、ぶら下っている。

「俺の立ち場じゃあ、表立ってお気張りとも言えねえが、ま、気をつけてな」

「へい」

泡界が行きかけると、老人は急に、

「そうそう、言っておこう。この商売も、とうとうこの秋頃でお終えのようだ。ずいぶんおめえさんたちから、お足をふんだくって来たが、お上の目がきびしくなってなあ。俺もこの店も、お廃れ（廃業）だあな」

「左様で」

泡界は頭を下げて裏戸を閉じた。

それから土細工の棒を襟に差し、三次にもそうするよう命じた。

「これは何のまじないです」

「おれたちの御朱印状さ。こいつがあれば、たいていの地廻りは、見て見ぬふりをしてくれる……と言ってな」

「へえ、あの爺さんが、亀戸の仕切りを」

「一時は、梅屋敷の元蔵と言って、柳島から押上村あたりまで縄張を持つ岡っ引きの親分だったが、今は大道商いからかすりを取る茶店の爺いよ」

顔の前に下った土人形を、指で突っついた。

「これも、昔しゃ御威光があったらしいが、今じゃ、岡っ引きにはききめが薄い。無いよりましな雷避けのようなもんだ」

というような話を交しながら行けば、寺ばかり固まったあたりに出た。

突然、道に人の流れが出来る。普門院とある門札の向うには森と極彩色の建物があり、そこが目的地の亀戸天満宮。

「用意はいいかい。とはいえ今日のお前さんは、見て覚えるのだ。後の方で調子取っていてくれれば良い」

「へえ」

と三次が生返事をして前を向けば、曲り角から単衣の尻っ端折り。右袖もまくりあげた、いかにもな男二人が姿を現わす。

泡界たちの編笠に目を止めて、二人は真っ直ぐこちらへやって来た。しかし笠の間から下っている亀を見ると、ちっと忌々(いまいま)し気に舌打ちして通り過ぎた。

「おゝや、元蔵どんの御威光、未だ廃れずだのう」

その下っ引きどもへ聞こえるように、大声で嫌味を言った泡界。急に良い気分となったらしく、天満宮別当寺、法性坊側の裏門へ駆け入った。

境内は、人であふれている。特に表門の一(いち)の反橋(そり)昇り口は、身動きもとれぬ有り様。反橋の左右、池の縁に藤棚があり、参詣人の御目当ては青葉の下にのぞく薄紫の花房(はなぶさ)だ。年によって見頃に遅速(ちそく)ありと言うが、今年は少し遅い。立夏から半月も経っているのに三分咲きで、「紫の水を流せるがごとし」と謡われた咲き様には程遠かった。

泡界たちは、本殿に一礼すると、そこを突っ切り、正面左手の茶屋前へ出た。

ひょろ長い梅の木の前で立ち止まると、何の前触れも無しに、懐ろから刷り物の束を抜き出し、竹の棒でぽんと打つ。

「うぃー、伊勢はなあ、伊勢は津でもつ、津は伊勢でもつ。尾張名古屋は、ううい、城でえ持つー」

言葉は景気良いが、その声は低く呻(うめ)くがごとく。茶屋を覗いていた物見高い参詣人が、一人二人と集ってくる。これも客寄せの手だ。

頭数が揃ったあたりで、泡界は竹の棒の叩き調子を早急なものに変えた。

「ええー、買っておくれよ。名代の唄本、大笑え節、ひとつお買いな、荷物にゃならぬ。半紙四ツ切り、袂に入るよー」

かねて手はずの通り、三次も彼の背後で竹の棒を打ち合わせた。泡界、編笠の端を少し持ち上げて振り返り、よし、上出来とうなずいて、声の調子を高めた。

雪駄直しのディディ声が、急に魚屋のような威勢の良いそれに変った。


〽花はさあええ、花は下り藤、薄紫よう。ところはお江戸の雑司ヶ谷よう、深い縁だよ主さんと、紫覆いの塗り駕籠に、乗ります行きます、大がらみ。この大笑え。

二番させたにもう一番。よほどあちらの好きな人。この大笑え。

三ればあたりがのらくらと、こすりておろすトロロ汁。この大笑え。

四る昼なしに刺したがる、させば能くなる目薬よ。この大笑え。

五れ（入れ）ば喜ぶ大奥の、長持ち入れたる生人形……


ここまで黙って聞いていた見物人の間に、微かなざわめきが起った。彼らは、泡界のうたう「大奥」と「生き人形」の言葉に反応したのである。

「おい、それ、売ってくれ」

「おれっちにも一冊」

「あたいにも」

好奇心に眼を輝かせた男女が、一斉に手を出した。

待ってましたとばかりに、後へ立つ三次が風呂敷に入れた美濃紙四ツ切四丁の唄本を、さらりさらりと出して売る。

こういう刷りは組物と言い、十六文と相場が決っている。慣れた買い手は、初めからちゃんと数えて銭を出す。釣り銭をくれ、などと野暮なことを言えば、ぐずぐずするねェと、他の客に怒鳴られるのだ。

とにかく買い手も役人を恐れている。刷り物が手に入ったら、即座にその場を離れていくのが江戸っ子の慣い。

このあたりがまた、テレビや映画で見る瓦版売りと異なるところである。泡界は再び唄った。

「……七ツ中山智泉院、風儀乱してだんだんに、加持御祈禱とは口実の、坊主頭を撫でまわし、入れば喜ぶこちの人……」

泡界の声は、高まっていく。それにつれて、天神茶屋の通りは、彼の歌に耳を傾ける人々で埋った。

ついに騒ぎを聞きつけた別当寺の寺男たちが、手に手に六尺棒を構えて、

「片寄れ、片寄れ」

と駆けてくる。こ奴らには元蔵どんの亀細工もきかないから、泡界はさっと編笠を外した。下の手拭いを盗っ人被りに改めると、三次に向って叫ぶ。

「そら、三十六計だ」

だらりと下げた着物の裾をたくし上げ、

「御免よ、御免なさいよ」

人ごみ掻き分けて逃げた。その早いこと、早いこと。前棚の向うに六尺棒の列が見えた途端に、もう二人の姿は亀戸町門前、岡場所の外れを抜けて天神橋の、北の橋詰にあった。

「どうでえ、稼いだろう。見せてみな」

三次が重そうに担ぐ風呂敷の中を確める。

「ざっと二貫文か。小半刻の働きにしちゃあ上出来だ。けんど、もうしばらくは、亀戸辺に足を向けられねえな」

苦笑いした泡界は、着物の裾を降した。

「御法度話は、みんな大好きなんですねえ」

「『感応寺生人形噺』は客が付くが、下手ァ打つと奉行所とは別の奴らが動きやがるから、そうさいさいは出来ねえ。今日は、可愛い弟子の初出し日だから、少々の苦労もしてみたのだ」

泡界たちが、早足に柳島町を北に上って深川元町代地。あと少しで古刹法恩寺の堀に行きあたるところまで来た時だ。

「ちょいと待ちねえ」

泡界は三次を止めた。

「どうも、尾行られているようだ」

「ええ、そのようですね」

三次も術者だから、その手の勘は鋭い。横道に入って天水桶の陰に隠れると、その前をきょろりきょろりと首を巡らしながら、男がやって来る。

薄茶の単衣に縞の帯。頭は古風な百姓髷で、目明しや下っ引きには見えない。

泡界は、行きかけた男の背中に向って、声をかける。

「おう、おれたちに、何か用事かえ」

びくりとして立ち止まった男は、おどおどと振り返った。その小心さも十手持ちとは思えない。

「へえ。先刻、当家主人がお前さまの話芸を目にいたし、ぜひにお会いしたいものと我儘を申します。手前がお呼びたての役となりましたが、おふた方、どうにも足がお早いようで、往生いたしました」

「ふうん」

泡界は、使用人然としたその男を、ためつすがめつした。

「その物好きで我儘な御主人様は、どこのどなた様だえ」

「それがどうも、尾籠(びろう)な話になりましょうから、ここでは申せません」

尾籠とは、失礼無礼、人前をはばかる汚らしさを表わす。不可解な事を言う奴である。

「役人、捕(と)っ手(て)の仲間でないのなら、お伺いもいたしやしょう」

「ありがとう存じます。されば、こちらへ」

用心深く、二人は男の後について行った。

ここでございますと案内された先は、北十間堀沿いの僅かに町屋が固まったあたりだ。藁葺きの門を構えた料理屋がある。裾紫の暖簾に染めつけられた「立花」の文字を見た泡界、

「ほう、橋本屋の別店じゃねえか」

流石の彼も、少し躊躇(ちゅうちょ)した。このあたり押上から小梅、向島にかけて名代の店が多いが、分

けても橋本屋は当代一流の文人墨客が集う。しかし、通人の中にはその本店より、この立花屋を推(お)す者も多いという。

通されたのは、坪庭の付いた茶室のような離れだ。庭下駄を履いて生垣を越えれば、そこはもう押上村の堀切りで、早咲きの菖蒲がよい匂いを放っていた。

「よくお越し下さいました」

小座敷へ愛想良く出迎えたのは、ちょっと顎の張った上品そうな四十過ぎの男だった。

泡界を上座に、三次を次の座に据えて、自分は縁側に正座し、座布団も敷かない。

(やけに礼儀正しい奴だな。見れば蔵前の札差(ふださし)みてえだが)

泡界は、白絣(しろがすり)に紗(しゃ)の夏羽織姿の男をじっと見つめた。

「突然のお呼び立て。さぞ御不審もございましょう。これなるは……」

ひと呼吸置いて、男は名乗った。

「葛西権四郎(かさいごんしろう)と申します」

泡界は、思わず目を剥いた。

「お前さまが」

先程、案内の者が尾籠と言った事を、瞬時に理解した。

江戸の者なら、誰もがこの名を耳にしている。たとえ知らずとも、彼の家業の世話にならぬ者は、一人としていないと言って良い。

権四郎の「家業」とは、糞尿処理なのだ。

江戸期、肥料としての糞尿は大変な価値を持っていた。十九世紀、世界最大の人口を有した江戸では日々、気の遠くなるような量の排泄物が出る。当然、それを回収する者が存在した。肥料として再利用出来る糞尿処理をする者は、初め近在の百姓であったが、時を重ねるにつれ莫大な金銭でその利権が取り引きされるようになり、専門の業者が出た。川柳に、「糞尿も小判に戻るお江戸かな」とか「分限なりけり肥たごも百」とあるのがそれだ。

肥溜の汲み取り権が百ほどあれば、立派な金持になれたのである。

中でも名高い処理業者が江戸の郊外、葛西の消費地に肥料を運ぶ糞船の頭領、権四郎だった。身分は大百姓だが戦国時代、後北条氏が南関東へ進出する前からこの地を支配した豪族葛西氏の末裔で権四郎自身、

「東都草創に居て今は菌取」

という句を詠んでいる。そこには、東照大権現家康公が「江戸御打入り」になる以前からウチはあるぞ、という密かな誇りと自嘲が込められていた。

「拙僧は、泥亀坊と申しますケチな願人。横に控えますが、弟子の三次郎と申す見習いでござりやす」

泡界は、わざと瓦版売りの手先といった風に自己紹介した。目の前に座っているのが本当の権四郎かどうかもわからない。手の込んだ役人の芝居という線もあるからだ。

「御懸念には及びません。あなた様の御身分は、句会仲間の高屋彦四郎殿からようやく承ってございます」

「おや、柳亭のお旦(だん)から」

内福な葛西家なら、文化人との交流も探かろうが、天下の柳亭種彦も口が軽いことだ、と泡界は腹の内で舌打ちした。

「まずは一献」

権四郎は、小振りな徳利を差し出す。泡界は、わざと下卑た風に盃洗の水を皿に注ぎ、

「こいつでいただきやしょう」

徳利の中味を全部空けさせた。それをぐびぐびと呑み込んで、口元を袖口で拭う。

「ああ、うめえ。酒は剣菱(けんびし)、さかなはきどり、とんことんこ、酌(しゃく)は十八髱(たぼ)が良いなんぞと申しますが、葛西権四郎さんにお注ぎいただく酒は、これまたうめえもんでやんすねえ」

「お気に召されて何より」

権四郎は膝をにじらせて、三次の盃にも酌をした。並の金持ちには出来ない芸当だ。

差しつ差されつで小半刻。権四郎はしかし、一向に用件を切り出さない。そこで、泡界の方から口火を切った。

後から考えると、これが権四郎の手に、うまうまと乗せられてしまったと思える。権四郎は、されぱと語り出した。

「私めは先刻、天満宮の境内におりました。藤の早咲きなど眺め、心の憂(うれ)いを晴らさんといたしましたが、それも果せず。打ちしおれておりましたところ、茶屋の通りであなた様方の『生人形と感応寺』の語りを耳にいたしました。あれこそ、種彦師匠が句会の折りに申されておられた俳諧名人の泥亀坊様。はたと膝を打ち、失礼ながら手代の伝助めに、後を追わせました次

第でございます」

「生人形噺なんざ、今時分は誰でも知っている事でござんすよ」

ずいぶん前の話だ。先の十代将軍家治の、世子家基が十七歳で頓死した。以来、江戸城大奥では長く世子お祟りの噂が絶えず、奥女中らは、下総中山法華寺の智泉院住職日啓という僧に祈禱させた。十一代将軍家斉も、その法力を認めて帰依し、日啓のために感応寺という寺を建ててやった。すると大奥の女中らは寺参りと称して頻繁に日啓のもとへ出かけ、僧房で寺僧らと姦淫した。

ついには寺へ寄進の品を運ぶ将軍家長持に代るがわる奥女中が入り、堕落僧と逢瀬を重ねるという事まで行なわれた。これが外に漏れて「生人形の御寄進」と噂になる。

寺社奉行は、実情を調査しようと躍起になったが、事は絶大な権力を誇る大奥に関わり、それを庇護するのは大御所家斉である。

江戸っ子は、公儀の弱腰を嘲けり、淫奔な奥女中らに好奇の目を向けた。ようやく日啓らが捕縛されたのは昨年五月のことだが、今年に入っても大奥女中らは処分されていない。

「なにね。この一件は瓦版にすれば必ず売れると踏んだのですが、仲間は恐れて手をつけやせん。そこでおいらが鳥羽口になったという、度胸ばかりで先走った出目金商売でござんすよ。そう持ちあげて貰っちゃあ困ります」

泡界は、膳の上の盃洗を小指の先で動かして、無言の催促をした。久々の上酒に意地汚くなっているが、自分でもどうにも止まらない。

権四郎はそれに気づき、急いで傍らの銚子を取って注ぎ入れる。

「で、葛西の旦那さん」

泡界は、二杯目に口をつけて、ぷっと息を吐いた。

「奥女中とクソ坊主の乳繰(ちちく)り合い。その続きを聞きたくって、この願人を呼んだわけじゃありますまい。何か御相談でもお有りと見ましたが、どうです」

権四郎は、すっと立って座敷の外障子を閉じた。

柳島と押上の境あたりから、朝顔やあ、夕顔の苗、と長々苗売りの声が聞こえてくる。

「葛西の旦那さん。こりゃあ、種彦先生から、おいらを頼れと御指図を受けなすったね。出来る出来ねえがあるが、一応話してみておくんなさい。聞くだけならこっちはタダだ」

苗売りの声が遠ざかっていく。やがて聞こえなくなると、権四郎は意を決したように話し出した。

「くにんちょうじゃくにん、と申すものを御存知でしょうか」

「知りませんな。人の名ですかい」

「公方様御側衆のひとつでございます。公人(おおやけびと)に朝夕人(あさゆうびと)と書いて、そう読みます」

将軍が束帯(そくたい)をまとい、晴(はれ)の舞台に望む時、専用の尿瓶(しびん)を抱えて後に控える役だ。別名を尿筒(しとづつ)持ちと言う。侍の役職を記した武鑑の中にもはっきりと書かれているが、禄は十石十人扶持で、直参の中でも最下級の身分という。

「僅か十石取りでございますが、公方様の下(しも)の御始末役として常に侍(はべ)りますから、陰の力もございます」

小禄でも柳営の茶坊主は将軍と直接言葉を交す。その口を恐れて大名は付け届けをするが、この朝夕人も、常時将軍の側を離れぬために、表十石裏千石と称されている。

「これは代々土田家の世襲でございます。先代の土田孫右衛門殿は御役目一筋、実直な方でございました。尿筒の扱いも名人級で、浚明院様（十代家治）、文恭院様（十一代家斉）は、大のお気に入り。特に文恭院様は『孫右衛門の尿筒取りは、筒口が余のへのこに吸いつくようだ』とおっしゃって、尿取り術総本家の名乗りを御許しになられたそうにございます」

公人朝夕人の役は、京の朝廷にも八瀬、栗野の二家が存在するが、尿筒取りの流派を立てたのは土田家が初めてという。

「たいそうなものでやんすなあ」

泡界は呆れ声をあげた。権四郎は、唇の端を舐めて続ける。

「ところが、孫右衛門殿老齢でお役を退き、その子の新吉郎之成と申す者。こ奴は、黒鍬の丸八家から土田家へ養子に入った者でございますが、こ奴も公方様の覚えめでたく、それをかさに着て、何かと裏の力を振るいます」

江戸城御汲み取りは、代々葛西百姓が下與四郎なる世襲名でその差配を行なってきた。

「しかし土田新吉郎は、勝手に下家を名乗り、そのあがりの三割をよこせと申して参りました。左のみならず、どこで目をつけたものか、我が家の元と申す一人娘を名差しして、妾に差し出せと言うのです」

「ほう、妾に」

「新吉郎には、土田孫右衛門殿の家付き娘節が、先年より正妻でございますから。されど当家は、桓武平氏良文流秩父氏の豊島家末流。直参とは申せ、どこの馬の骨ともわからぬ者へ娘を妾奉公に差し出すのは、名折れでございます」

　権四郎は、口惜し気に膝を叩いた。

「しかも我が娘には、すでに許婚がございます。武州世田谷村の弥助と申す者。これも後北条侍の末でございまして、やつがれめ、行く行くはこの者に葛西権四郎の名を継がせようと考えておりました。それを破談にして妾に出せ、との無理難題」

「はあ、さきほどのお話。藤の早咲きで、心の憂いを晴さんとなされた。その憂いとは、土田なる曲者の一件でござんしたか。で、おれっちにどうせよと申されますんで」

「土田新吉郎の評判を、落していただきたいのです。御得意の瓦版で、こ奴の悪業を書き立て、幕臣として立ち行かぬようにしてもらいたいのでございます」

「ふーむ」

　泡界は、権四郎の傍らにある小膳に手を伸し、勝手に銚子を取ると自分の盃洗に、じゃぼじゃぼと注いだ。

「葛西の旦那は、瓦版の力を買い被っていなさる。たしかに、江戸っ子の口に戸は立てられねえ。こいつで一時は評判を落すことも出来ましょうが、所詮は悪評判。七十五日の噂で終っちまいますよ」

「それでも、良うございます。七十五日、二ヶ月半の猶予があれば、こちらも別の手を打つ事だって出来ましょう」

　泡界は首をかしげ、塗りの盃洗を持ち上げると、ぐびりと飲んだ。

「良うがす。出来るかぎりのことは、やってみやしょう」

と答えた。権四郎の顔面に血の気が戻った。

「ありがとうございます」

泡界は残りの酒も全て喉に流し込み、腰を上げた。片足を伸ばす時、酔いのために少しふらついたが、

「そうと決れば、軍営に籠る諸葛孔明だ。尿筒持ちの悪計を打破する策を急ぎ考えにゃなりやせん。立花屋の膳は名残り惜しいが、早々に退散いたしやす」

泡界は、目で三次に合図して廊下に出た。先程、案内して来た百姓髷の男が控えている。

「些少ながら、御足労の料でございます」

紙包みを泡界の袂に差し入れた。

(ふうむ)

手触りで五両ほど入っているのがわかる。

(こいつは豪気なもんだ)

泡界は目先で礼をすると、立花屋の玄関を出た。

6 金四郎と長八郎

奉行所同心の出仕は、通常四ツ(午前十時)頃である。

この朝、秋山長八郎は寝坊した。前夜は受け持ち地域から届いた町役人の覚え書に目を通し、

別に思うところを書き付けていたのだが、それが存外に手間取って、布団に入ったのは七ツ(午前四時頃)時分だ。

小者の与助が何度も起しに来たようだが、一向に気付かず、ようやく目覚めてみれば早や五ツ半(午前九時頃)の拍子木が鳴っている。

朝湯に行く間もない。井戸端で水を浴び、朝餉の間に町内の廻り髪結を呼んで髷を結わせた。どんなに刻限に遅れようとも、身ぎれいにして出勤するのが奉行所同心というものだ。

「与助、与助」

長八郎は、例の大声をあげた。

「与助、用意は」

「これに」

塗りの御用箱を与助は担ぎあげた。中には捕物用の道具一式。長十手から鎖帷子(くさりかたびら)まで入っているから、結構な重さである。

常遣いの十手を腰の後に差して巻(まき)羽織した長八郎が門前に出ると、目明しとその下っ引きが控えている。

「御苦労」

声をかけた長八郎は彼らも伴にして、急ぎ足に奉行所へ向う。

新場橋を渡って日本橋。西川岸町、呉服橋を渡り見附に入った左手が北町奉行所である。これが十町(約一キロ)ほどの距離。

月番とて、奉行所表門は大きく開かれている。同僚たちが次々に門を潜る姿を見て、長八郎は、ほっとする。

（ぎりで間に合ったか）

この時代のことだ。別に厳確な時刻規程が有るわけではないが、御奉行が朝の勤めを終えて登城の後、のこのこと執務室に入るのは何となく気が引ける。ちなみに、この時の北町奉行は、「刺青判官」と後世謡われた、あの遠山の金さん事、左衛門尉景元である。

従者溜りに与助たちを残し、長八郎は正面玄関を上った。

そこには鉄砲と胴乱（弾薬入れ）が、ずらりと並んでいる。町奉行所も、戦時になると鉄砲組に編入される。長八郎たち同心は赤い御借胴を着け、陣笠を被ってこれらの銃器を扱うのだが、訓練などここ数年した記憶がない。

と、その銃器の列から、ひょいと顔を出した者がいる。隠密廻り同心の小野田正二郎だった。親の同名正二郎から役を継いだばかりの年若い男だが、代々この仕事に就いている家の者らしく、人格に少々難があり、朋輩からの評判も悪い。

この小野田が、へらへらと笑って長八郎に近づき、

「良い頃合いに御出勤ですなあ」

早速に嫌味を言った。

「御奉行は、卯ノ刻（六ツ・午前六時頃）に辰の口へ御出になられたというのに」

現在の最高裁に当る辰の口評定所では、毎月二、十二、二十二の日に寺社・両町・勘定の三奉行が事務の引き継ぎを行なう。

そこには月番の老中・大目付・目付も出席し、朝食を食べながら三者の意見交換に耳を傾け

る慣わしになっているのだが、

「しかし、今日は二の日じゃねえぜ」

「御老中水野様が、未明に御奉行を至急のお呼び出しとか。臨時の辰の口詰めと相い成り、ただいま御下城と駕籠脇の者より報告が入りました。我ら三廻りの評議も御奉行御帰邸までに終えねばならず、水島殿よりそれがし、秋山殿をお迎えせよと命ぜられて、こうして……」

「え、そいつはいけねえ」

ぺしりと己が額を掌で打つと、長八郎は年寄同心の詰所へ走った。その後を小野田が昼蝙蝠のように、ひらりひらりと付いて行く。

案の定、詰所には三廻りの同心たちが顔を揃えていた。三廻りとは、定町廻り・臨時廻り・隠密廻り、各部所の者だ。

「秋山、参上つかまつりました」

廊下先に膝を突いて声をかけると、臨時廻りの水島金十郎が苦い顔をして、

「長八郎、三廻り面合わせの日は、早出がお決りであることを忘れるべからず。特に今朝、御奉行は老中首座水野様より突然のお呼び出し。我らにも如何なる御下命あるやも知れず。気を揉ますな」

臨時廻りは、長く定町廻りを勤めた古株の同心が任じられる。ベテランのお目付役という位置付けだから口うるさいのは当然だが、その上に水島は長八郎の叔父にもあたる。

傍らで聞いていた中山三之助という同じ定町廻りの者が、水島をなだめるように、

「ま、朝からかように申されては、秋山氏も立つ瀬がありますまい。長のやもめ暮しでは仕方

の無いこと」

と言った。しかし、その後の台詞がいけない。

「秋山氏。御床よりやさしくお起し下さる御妻女を、そろそろ貰われる時期ではありますまいか」

居並ぶ同心たちが、くすくす笑う。

「それ見よ。中山もかように申しておるわ」

我が意を得たり、と水島は再び苦言を呈した。

「……長八郎、汝も八丁堀では手練れと噂される者だ。番方（新任者）の手本でもある。身を固めるのも大事な事と知れ」

「はい」

長八郎は言い返すのも馬鹿らしいと、小さく頭を下げたが、腹の中は煮えくり返っている。

（叔父め、自分が持って来る縁談を、俺が断わり続けてるのを根に持ちやがって、こんな所で仇を討ちやがる）

話を早く変えようと、長八郎は手元の風呂敷包みを解いた。中から瓦版、読売り唄本のぶ厚い束を取り出す。

「先々月、この三廻りの席で、議題にあがりました御政道批判の刷り物を、私なりに調べて参りました。区分けにはずいぶん往生いたし、昨夜もこれにて徹夜いたした次第」

居汚く寝坊したわけではない、と言外に主張したのだが、同僚の興味はその刷り物の多さに向けられ、長八郎の言葉に耳を傾ける者は無い。

紙束の紐を勝手に外し、唄本の歌詞を読みあげる者、卑猥な絵柄の一枚刷りを穴の開くほど眺める者……。長八郎が丹念に分類した刷り物は、たちまち詰所の中に散乱した。

（こ奴ら、ガキだな）

そういうこともあろうかと、長八郎は全ての刷り物に「イの一番」「への十三番」などと符丁を付け、それを帳付けしていたのだが、流石に腹が立った。

「ええい、方々、乱雑に扱うではない。これは、来たる取締りの折り、大事な証拠となるかもしれぬ品ですぞ」

長八郎は手を叩いて、詰所の脇に控えた見習い同心を呼び、片附けを命じた。

「長八郎、ようこれだけの違法刷りを短期間に集めたものだな。流石だ」

叔父水島は、まず甥の努力を褒め、その入手法を問うた。が、長八郎は僅かに肩をすくめ、言葉を濁す。

「町廻りの途中、途中に集めましたもので」

「散財であったろうの」

「まあ、それは」

これらの刷り物も、以前は一枚刷り四文程でいくらでも手に入った。しかし、近頃では半紙四丁で一冊の唄本が増え、ひとつ十六文から二十五文ほどに値が上っている。御政道を揶揄したものとなると、一枚刷りでも三十文ぐらいになる。危険料を上乗せしているのであろう。

実は、それらを長八郎は全てタダで集めていた。自分が立ちまわる先の自身番へ密かに声をかけ、取り置きさせておいたものだ。

瓦版売りは、販売の直前、地域の自身番に売り物を投げ入れていく。番屋に詰めているのは、町内の家主、店番（たなばん）と呼ばれる地借り人の当番や雇い者で常に暇を持て余しているから、こういう読物は有り難い。多少危い瓦版でも、販売に目をつぶるという仕儀になる。

長八郎は小者の与助に命じてそれらを、こまめに回収させていた。

「方々も御存知のごとく、瓦版と申すもの。たびたびのお触れにもかかわらず一向に減る気配がござらぬ。それは、これまで売り子を罰せず、版を打ち壊して、ただ叱り置き科料を取るに止めていたためであります」

別に用意の手控え帳を長八郎は広げた。

「天保八年丁酉（ていゆう）の、大塩平八郎の乱前後、大坂町奉行所では違法刷りの版打ち割りのみならず、その売り子刷り手に至るまで捕縄し、刑死に追い込んだ例がござる。時の東町奉行は老中水野様の御実弟、跡部山城守（あとべやましろのかみ）様。水野様は、大坂町奉行所の御処置を、大いにお褒めなさったと聞き及びます」

何を言い出すか、と怪訝な面持ちで聞いていた同心たちも、老中水野の名が出たことで、僅かに姿勢を整した。

「恐れ多くも御柳営の大御所様薨去（こうきょ）なされ、此度（こたび）大御所様御寵臣の御三方追放。これより、水野様の御改革は、一段とお進みあそばされる。まず、贅沢のさらなる禁止。次には、こうした刷り物の強い規制が始まるは必定。私は、その時に備えて、かように」

「偉い……と申したいが」

水島は、長八郎の言葉を塞えぎり、

「それは越階の沙汰である」

己れの職制を越えた行為である、と言い切った。

「我らは定廻り六人、隠密廻り二人、臨時廻り六人の計十四人で町を廻らねばならぬ。常に御用繁多であるに、この上いらぬ仕事を己れから増やす馬鹿がどこにあろうか」

「しかし……」

「我らは上から命じられた事のみいたしておれば良いのだ。もし、御法度刷り取締りの御下命あれば、その時になって動けば良い」

水島は聞こえよがしに舌打ちし、自分が作成した別の覚え書を皆にまわし始めた。

（なんだ、これは）

長八郎は呆然とした。その表紙には『御府内歌舞音曲御停止訴状』という文字が読みとれた。

今年、閏正月三十日に薨去した前将軍の喪に服さぬ町民の、密訴一覧である。

（叔父貴の奴め。やり易い仕事ばかり優先させる）

ここのところ同心たちは、大川沿いに密偵を多数放ち、三味線や小唄の音に耳を傾けさせていた。今戸、真崎、対岸の向島辺には富裕な商人の寮が多い。そこにいるお妾や箱入り娘が室内で掻き鳴らす音曲を取締ろうという企みだ。

（せこい話よ）

本来なら両国や芝居町の歌舞御法度令を、一般の良民にまで拡大解釈しているのだが、何のことはない。違反者摘発の人数稼ぎではないか。

（近頃は諸事、こんな風だ。奉行所の評判がただ下りなのも、わかる気がするぜ）

その後の長八郎は、席上一言も発さなかった。

やる気を失った彼が頭の中に思い描いていたのは、数日前に坂本町の湯屋で出合った町芸者駒菊の白い肢体だった。

（あれを屋敷に呼んでやりたかったが、この様子じゃあ、夢のまた夢に終りそうだ）

与力同心たちも、公用の他に酒席は御法度である。その代り、自宅の座敷に芸妓を呼ぶことが黙認されていた。

羽振りの良い同心などが町芸者に声をかける時、

「おい、どこの抱えだ。今度座敷に呼んでやろうか」

と言ったりするが、この「座敷」とは料亭ではなく、彼らの暮す八丁堀なのである。

うわの空で一刻（約二時間）ばかり過した長八郎は、九ツ（正午）を告げる盤木の音にようやく救われた。

「では、方々。諸事良ろしきように」

一座の長である水島が、案件の書類を風呂敷に戻して席を立った。

長八郎は、午後の仕事、定町廻りの手順に思いを巡らせた。月番の有る無しにかかわらず、定廻りはほぼ毎日、町を巡察する。北町四人南町四人の同心は、決められた巡路を早足で歩いていく（これについては後に述べる）。

「これから出るとなると、飯はどこで食うか。茅町の番所か、旭橋の詰所にするか」

長八郎は首をひねった。町廻りも単独では行なわない。小者の与助以外に、手飼いの目明し二人を付けて歩く。また、先月から、定廻りに見習い同心が一人加わった。長八郎は監督役として、若い者の面倒も見なくてはならない。

(何が悲しくて若僧の、弁当の心配までせにゃならんのだ)

むろん、そうした雑事は小者の与助にまかせるのだが、気を抜くわけにもいかない。過去には、その昼弁当のお菜が貧し気であったと噂が立って、監督同心の評判が落ちたことすらある。

見習い同心は、銀十枚のお手当で働く軽輩だが、親が大方、古参の同心と決っている。御抱席一代きりの町方同心でも事実上は世襲である。見習いとて背後には親の力があるから粗略には扱えないのである。

(まあ、俺もそういう道をたどって今の町廻りだ。人はまわり持ちだぜ)

自分が見習いだった頃、先輩株の同心にいかなる迷惑気づかいをさせたかを思い、長八郎が苦笑いしていると、

「遠藤様が、お呼びですよ」

声をかけてきた者がいる。

振り返れば、先刻の紋付黒羽織から、いつ着替えたのかあい微塵の着流し、髷まで町人風に結い変えた小野田正二郎が、にやけた顔つきで突っ立っている。

「はて、遠藤様の御用とは」

「決まっているじゃござんせんか」

小野田は、口調まで町の遊冶郎のそれに変えている。

「御奉行に何やら申しつかったのでげしょう」

「お叱りを受けるいわれはねえぜ」

「御奉行は、ほれあの通りの御人柄でやんすから。おっと、こうして秋山さんと一緒にいたら、拙（自分）まで同類と思われて、どんな目にあうかわかりゃせん。くわばら、くわばら」

嫌味を言うだけ言うと袖を打ち振り、ひらひらと廊下を渡って行った。

（昼蝙蝠め）

隠密廻りは普通、奉行に直属する最古参の同心二名が任ぜられる。それなりに権威のある役職だったが、これが天保の初め、大草安房守の北町奉行時代に能力重視制となった。身軽に働く若年層にも職が開放されたが、その結果が、

（小野田みてえな妖怪野郎の跳梁というわけだ）

長八郎は、小鼻にシワを寄せると、急いで裏居間廊下へ向った。

そこに内与力遠藤直三郎が詰めている。内与力は定員が三名だが、奉行の私設秘書であり、厳密には町方役人ではない。遠藤家は戦国時代から奥美濃にあった遠山家に仕え、代々その世話役を勤めてきた。遠山左衛門尉景元が奉行職に任じられた昨年から、一般与力と遠山の連絡役となり所内で睨みをきかせている。

「秋山長八郎、参りました」

裏居間の廊下脇で片膝突いた。この部屋は、つい先程まで三廻りの打ち合わせをしていた年寄同心詰所の真裏に当る。

「秋山か、苦労」

いつもの遠藤とは違う声調子だった。長八郎が杉戸を開けて中に入ると、

「急ぎ、閉ざせ」

命じられた。奥に文机がひとつあり、大柄な人物が肘を突いている。その傍らに内与力遠藤がいた。

「秋山よ。おめえの仕事っぷりは、そこの武者隠しの隙間から、たっぷり見せてもらったぜ」

「あ、御奉行」

長八郎は、畳一枚分飛び下って平伏した。

文机の両肘を外して奉行の遠山左衛門尉は、にっと笑った。

豊満な、と言えば聞こえは良いが、頬の肉が垂れた赤ら顔の、相撲取りじみた人物である。

「天下の江戸町奉行が盗み聞きたぁ恥の極みだが、まあ許してくんねえし」

わざとべらんめえに語る遠山に、長八郎は親しみというより何やら恐怖のようなものを感じた。

「俺ぁ、おめえさんの、仕事の勘のさ、その良さに驚いてるんだぜ。さっきの三廻りの集いは、あめえさんみてえな人にとっちゃあ、針のムシロだったろう。あそこにいる黒紋付どもは、とんだ目串(めぐし)の利かねえ小役人よ。本当に悪い奴を捕えようって気が無えで、良民に些細な罪をなすりつけちゃあ数を稼ごうとばかりしやぁがる。その点、おめえさんは立派だ。おっと、さっき皆に見せていた御法度の刷りもんを出してくんな」

長八郎は、風呂敷包みの結び目を解こうとした。しかし、遠藤がそのまま取って文机の上に乗せた。

遠山は生来不器用な質(たち)らしく、太い指先で荒っぽく包みを開け、目を輝かせて絵入りの瓦版に見入った。

「へえ、おもしれえ。武州深谷宿に出た長さ一丈の大ムカデか。こっちは百姓いじめの、石和代官に憑いた古狸かえ。考えやがるなぁ」

大ムカデ噺は、深谷の宿場役人の横暴さを、また狸憑きは甲斐の代官所へ一揆を企てた百姓の姿を伝えたものだ。

「応、応。こりゃあ、先年寺社方が手を入れた感応寺の一件じゃねえかい。これを祭文仕立てとはなあ。作った奴は、相当頭の切れる野郎に違げえねぇ」

遠山はしきりに声をあげていたが、ふと我に帰ってバツの悪そうな面つきになった。

「ここだけの話だがな、秋山よう」

話題を急いで変えた。

「老中首座水野様。大御所御薨去の後とて水を得た魚のごとく、御府内の風儀御取締り新令を発せられる。来月には料理屋で初物を出すこと禁止。続いて祭礼の練り物、飾り付けの禁止。これと並んで、かような淫風ふんぷんたる瓦版読み物の版木割りが始まる。こりゃ大忙しになるぜ」

「はあ、すると、お江戸名物の初鰹売りも無くなると。神田祭も山王祭も御行列が中止になると」

「そういう事だ。江戸町民は黙っちゃいねえだろう。で、な。ここで町民を焚きつけるのが、瓦版だ。五年前の大塩の乱や越後生田万の乱も、御法度刷りの檄文が打ち壊しに火をつけた。まさか、この御江戸で大坂のような騒ぎが起きるとは思えねえが、御政道批判の火種だけは消してしまいてえ」

遠山は、着衣の袖口から覗く、汗取りの肌着が気持ち悪いのか、手首の辺を掻きむしった。

（この陽気じゃあ、その肌隠しはさぞ苦しかろう）

長八郎は見て見ぬふりをする。後世、遠山は「桜吹雪の彫物を背に入れて」などと謡われたが、本当は片腕に小さな彫りを入れているだけなのだ。それでも余人に一切見せぬ心得で、たいそうな肌隠しを着用している。

「こういうもんは、御禁令が出た後に、泥縄で捕えようったって間に合わねえ。おめえさんは、良い頃合いに御法度刷りの知識を溜めてくれた。俺らあ、その先見の明を誉めてるのだ」

遠山は、ようやく気が済んだのか、掻く手を止めた。

「定町廻り同心、秋山長八郎」

言葉を改めた。長八郎は、はっとして居住いをただす。

「苦労であるが、明日より江戸市中書籍版木取締りの隠密探索方を命ずる」

「えっ、すると、定廻りの方は」

「それも普段通りこなせ。これは出役（でやく）扱いとする」

出役は己れの職分以外の別仕事で、役料も別に出る。非常の火事場出役から将軍外出の警備、捕物の出役もこれにあたる。

「汝の扱いは、年番方与力と臨時廻りの同心にだけ伝えておく。御奉行との連絡（つなぎ）は、この遠藤直三郎が行なう」

内与力遠藤が、重々しく言い渡す。長八郎は、唐突な話でどう答えたら良いのか、返答に困った。遠山は彼の顔を見てまた笑い、

「辛気な面をするんじゃねえやな。定町の廻りと一緒にやればいい。忙しい折りは、おめえの叔父に御奉行の御下命って奴をちらつかせりゃ良いのさ」

遠山は、重そうに太り肉の身体を持ちあげて膝を伸した。

「さて、俺も忙しい身だ。あとは、遠藤と細けえ打ち合わせしてくれろ」

遠山は裏居間の押し入れに手を掛けた。そこに役宅に通じる隠し通路があるらしい。

(長年、奉行所に勤めているが、こんな路があるとは。初めて見た)

驚く長八郎に、遠藤が口外するな、といった風に目くばせする。

半分押入れに身を入れた遠山が、そうだ、と振り返った。

「ああ、秋山。何も無くても、三日に一度は報告書きを提出しろ。書式は遠藤に聞け。それじゃあな」

と言った。あっ、と長八郎は叫びそうになった。臨時の出役には、この煩わしい業務がついてまわる。報告書の作成は長八郎の最も苦手とするところだった。

五月の「さ」は神に供える稲穂を表すという。農家のほとんどは、この月から田植えを始める。旧暦だから、すでに梅雨時である。

その五日は、言わずと知れた端午の節句だ。例年、家ごとに鍾馗や金太郎の幟を立て、菖蒲細工の青を飾る。鯉幟などというものは、これより少し後に始ったが、吹き流しや竹竿に菖蒲の束を吊して魔避けとする風習はすでに始っていた。

が、今年はそんな町飾りがどこへ行っても見当らない。

月初めにお触れが出て、祭礼行列と飾り物の禁止が命じられた。おかげで、江戸の町々は黒々と澱(よど)んで見える。

その日、三次は一人で町歩きしていた。その姿は、流水紋様の夏小袖に藍の小袴。細身の脇差を差し、小旗(こっぱた)本の子弟か寺小姓の姿に造っている。全ては泡界が柳原土手の損料屋で見繕ってきたものだ。

今、彼が歩んでいるところは長谷川町の横通りで、江戸の者が「人形町(ちょう)通り」「木偶(でく)通り」と言い慣わしているあたりだ。昔から名代の人形細工店が軒を連ねているからだが、今はその細工店も多く戸を降している。たまに開けている店でも、粗末な土人形を僅かに並べるばかり。

（人形飾りなんぞは、贅沢遊びの第一だものな）

三次は、長谷川町の三光稲荷脇を見やった。休業した店の前に、あめ湯や麦湯、白玉(しらたま)売りの置き見世(みせ)が出ている。通りの侘(わび)しさを少しでも隠そうという町会所の知恵らしい。

（可哀そうなもんだ）

三次はつぶやいた。実はこの日、朝餉の後で泡界が突然に言った。

「今日は一人で町歩きしてくんな」

袂から小粒を摑み出して、握らせた。これはネタ探しの訓練だろう。さて、何処へと首をひねると、

「何てったって、江戸は日本橋に神田、両国浜町の辺が噂の市(いち)だ。中でもお勧めは、人形町の通りだな」

三月にはこの町で、御禁制の芥子雛(けしびな)（極小の雛人形）に関する一斉手入れがあり、多くの人

形師が捕縛された。それが、富沢町あたりに巣食う目明しの密告によるものだと聞いた泡界は、ここのところ日本橋近辺にえらく関心を抱いている。

（それほど気になるなら、人まかせにせず、己れが動けば良さそうなもんだ）

三次は思う。それが顔に出たのを読み取った泡界は、ぞんざいな口調を改めた。

「まあ、聞きねえな。あのあたりは、俺にとっちゃあ鬼門なのだ。というのも、俺が大塩中斎の乱で追われていた頃の大坂西町奉行堀伊賀守が、江戸に戻される時くっついて来た得体の知れねえ奴らが、富沢町の目明しと杯を交し、地域で密偵商売をしてやがる。ンな奴らは、俺の面をまず知らねえと思うが、評判だけは耳にしていよう。今の時期は用心に越したことは無え。また何よりも今の俺は、例の葛西権四郎どん御依頼の一件で手いっぱいなのだ。これも仕事覚えの修業と思って受けてくんねえし」

「わかりました。いつも浅草辺でやっているように、町の噂話に耳を澄ませば良いのですね」

「うむ、聞いた事は逐一、手控えに書き入れて、後で俺に見せてくれろ。そうたいした事じゃねえから肩肘張らずにな」

「手控えですね」

「それと、何があっても厄介事には関わるなよ」

言うだけ言うと泡界は、ぷいと何処かに行ってしまった。

（権四郎旦那の仕事というが、師匠は一体何を調べようというのだ。ああ、敵の土田なんぞとぬかす小便取りの身元調べか。まさか肥取り船の稼ぎ振りを見に行くほど物見高いとも思えない）

などと、あれこれ考えながら三次は、人形町の通りを過ぎて、何の気無しに一町ほど先の通りに踏み込んだ。

そこは富籤(とみくじ)で知られた杉の森稲荷のある横丁だ。抜ければ掘割、先は日本橋の魚河岸となる。隔日の富興行で、押すな押すなの大賑いだったその横丁も、今は御改革の取締りで閑散としたものだ。

(初鰹売りも今年は御法度。河岸も火が消えたようだという)

三次が新林木町あたりで踵を返しかけた時、意外やそこで人の群に行き当った。

それが皆、若い女である。三次は女たちの頭上にある看板を見上げた。

(そうか、ここが『直文(なおぶん)』)

人形町周辺の名物は、人形以外にも、乗物細工、女髪結、人形煎餅(せんべい)、鹿子(かのこ)餅。ここに数年前から「直文」の山椒(さんしょ)餅が加わった。長谷川町の甘露(かんろ)屋から暖簾分けした菓子職人が始めたものだが、今では大奥への遣(つか)いものにされるほどの人気という。

(米粉を練った菓子では、この贅沢停止令にも引っかかるまい)

食い物にさほど執着心の無い三次は、足早に店の前を行き過ぎた。刹那、

「あれー」

悲鳴が聞こえた。人の群が左右に分れた。

見れば、単衣の裾を尻っ端折り。空っ脛(すね)を剥き出しにした柄の悪そうな若い男が、店先で女客に詰め寄っている。

(地元(ところ)の地廻りか)

と三次は男を観察する。その奴は、はだけた胸元の晒を巻いたあたりに、銀色の棒をこれ見よがしにねじ込んでいる。

女の方はと見れば、さしたる化粧っ気も無いが、身につけている着物が物固い商家のそれではない。年の頃は十七、八。小柄で男好きのする顔つきだ。

（おや、この娘は）

どこかで見たことが、と三次は娘の髪型や吉弥結びの帯を見やった。が、どうにも思い出せない。

（たしか、あの帯の結びは芝居茶屋や湯屋の二階女のそれと、師匠に教わったっけ）

いずれにしても、路上の厄介事に関わらぬが一番。それも師匠泡界の教え、と三次は素通りしようとする。

しかし、件の十手持ちが、三次を放っておかなかった。

「おい、よ。そこ行く若けえ衆も待ちねえ」

「何でしょう」

三次はわざと、怯えた風に背を丸めた。

「用事があるから呼び止めた。こっち来う」

「先を急いでおります。寺の使いでございます」

三次は、寺の、というところに力を込めて言った。

自分は寺社奉行支配だから、おのれのごとき岡っ引き風情に引きをかけられる謂れはない、と暗に言ったのだが、相手は止めない。

「寺小姓が何をお高く留ってやがる。坊主に尻を差し出すだけが役目のケツメド野郎が、お寺社の名を出すとはお笑いだ」

　あたりに集う人々も、その雑言にどよめいた。柄の悪い男は、調子に乗って続ける。

「月明けからの奢侈御禁制を知らねえとは言わせねえ。てめえの派手な流水紋の夏小袖、その爪楊子みてえな細脇差。まるで芝居町の白塗り見たようだ。御法度に触れるから、足止めしたが、どこがおかしい」

　こ奴の威し文句が、それこそ芝居口調である。もしかすると、裏の顔は、稲荷町あたりに多く住むという芝居の下っ端役者かもしれぬ。

「おっと、おめえも逃げるんじゃねえ」

　隙を見て娘が手を振り解こうとするが、岡っ引きは、その細腕を摑んで離さない。

　三次は少し眉をひそめて娘に近寄った。野猿のように歯を剝く岡っ引きを無視して、

「このような仕儀になった理由をお話し下さい。こいつが何を」

　語りかけた。娘はもう口も利けずに小さく首を振った。

「こ、こいつ呼ばわりしゃあがったな」

　岡っ引きは、真っ赤になってわめいた。

「俺りゃあ、富沢町から堀留までが縄張りの板場の亥ノ吉が手の者で、蒲鉾政という手札持ちだ。そんじょそこらの下っ引きと一緒にするな」

　奉行所同心に召し使われる者にも上下がある。上が奉行所傭いの小者。次に同心から手札とお手当を貰う手札持ち。

手札持ちは表向き小者扱いだが、単独で人を縛ることを許されていない町の諜者だ。

（牛の糞にも段々がある、という奴だな）

三次は腹の中で笑いながら、表情ばかりは固くして娘に語りかける。

「天下の往来で見も知らぬ男に袖口を引かれては、女の沽券にかかわりましょう。理由は何です」

「はい、私はただ山椒餅を買おうと、ここに並んでいただけです。出し抜けにこの男が着物の裾をめくって、肌着に絹を使っている、番所で調べるから来い、と無理やり引き立てようとするんです。いえ、見ての通り襦袢は白ですが絹物ではございません」

娘は少し舌足らずな口調で答えた。

「なるほど、これは今流行りの『辻っ剝ぎ』というものらしい」

そこにいる人々にも同意を求めるように、三次は声の調子を高めた。

「以前、駒形の問屋の若女房が、大丸から紅絹の反物を持って帰宅中、日本橋で衆人環視の中、着物を剝ぎ取られた。若女房は半裸にされて帰宅後、首を吊ったという」

三次の話は、だんだん怒りに満ちたものへと変っていった。

「路上で因縁をつけて弱い者から衣服を剝ぐのは、箱根の山賊よりたちが悪い。こ奴ら岡っ引きは、雀の涙ほどのお給金で生きていけないから、貫禄の無い奴は十手風を吹かせて小強請りたかりで生きざるを得ぬ。しかし、『辻っ剝ぎ』なんぞが流行るのは、奢侈御禁制という悪法があるからだ。これを口実に小強請り十手持ちが蔓延る。お前さんも、非度い馬鹿に引っ掛ったが、まあ、野良犬に嚙まれかかったと思って……」

あまりの雑言に、呆気にとられて突っ立っていた蒲鉾政は、ようやく我に返り、まさしく狂犬のように歯を剝いた。

「黙って聞いてりゃ良い気になりやがって、このケツメド野郎」

晒に差した十手を抜くや、殴りかかった。鉤の無い、しかし寸だけは伸びた坊主十手が三次の頭上に触れようとした、その時。ぴたり、蒲鉾政の手が止った。

何かとんでもない者の力で、十手が押さえつけられたのだ。

「な、なんだ」

あたりが急に黒々とした。真昼間というのに、手元もさだかならぬ暗闇である。

何事が起きたのかと前を見れば、一匹の鬼がいる。火膨れしたように赤い筋肉を見せるその鬼は、蒲鉾政の右手首を握りしめ、肩先を軽々と持ち上げた。

「わっ、ば、ばけもの」

「無礼者。我は足疾鬼（そくしっき）。これなる寺小姓の守護鬼なるぞ」

蒲鉾政の身体を一間ほど向うの路上に叩きつけた。

「ひっ、ひー」

蒲鉾政は、腰が抜けたらしい。座り小便をしたまま、這いずるようにして新乗物町の方へ走った。

「何が起きたのでしょう」

娘が怯え声で三次に尋ねた。彼女にも路上で成り行きを見守っていた人々にも、鬼など見えない。突然、岡っ引きが一人で打ち倒れ、一人で地面を転がりまわり、小便を漏らして逃げる姿を目にしただけである。

　全ては三次のちょっとした目眩ましだった。

「私めが日頃信心している御仏の御加護でありましょうか」

　三次はやさし気に娘へ語りかけ、それから乱れた着物の裾を整えてやった。

「嫌な話ですが、これからはかような事が多くなりましょう。かような下らぬ奴が近づいて来たら、大急ぎ逃げ出す算段をしてお歩き下さい」

「あ、あの……」

　娘は少し口ごもり、それから三次の袖へすがるように、

「私めは、坂本町の『為朝の湯』で茶釜番をしております千代と申す者。御小姓様の御名を、お教え下さいませ」

「私ですか。私は、その……浅草寺塔頭新徳院（せんそうじたっちゅうしんとくいん）にて暮す三之丞（さんのじょう）と申す者」

　三次は、かねて用意の偽名を小声で語った。

「あの、この御礼かたがた、一度お訪ねしてよろしいでしょうか」

「いえ、寺ですから、それは御勘弁を」

　浅草寺裏の新徳院は、この時期さる事あって廃絶している。三次は、これにも抜（ぬ）かりは無い。

　一礼して堀江町の方へ足早に去って行く彼の背に、ほたほたと音が響く。

　通りに突っ立って事の成り行きを見守っていた見物衆が、一斉に袖を振っていた。拍手という賛美の方法が無い時代である。無頼漢を打ち倒す粋な若衆の姿は、彼らにとっても一服の清涼剤だったのだろう。

7　黒鍬谷

泡界は忙しい。弟子を日本橋に放った後は、一人両国橋を渡り、馬喰町に向った。

橋詰まで来て泡界は、ついと大川端の百本杭に目をやった。

例年ならば、あと半月で川開き。それを待ちきれぬ屋形船で中洲のあたりも、

「水面覆い隠して、あたかも陸地にことならず」

といった風情なのだが、すでに御禁令の内命が船主に下っているのか、今は数隻の釣り船が浮かぶのみである。

広小路の見世物小屋にも人の気配はない。評判の「鬼娘」の看板には、「娘留守」の紙が張りつけられていた。

「いけねえ、降って来やがった」

顔にぽつり、ぽつりと来る水滴に手をやった泡界は、柳原の通りに向って駆ける。

郡代屋敷の脇から火の見櫓を目印に、馬糞臭いが名ばかりはゆかしい初音の馬場を抜けると、そこは名高い橋本町。諸芸をタネに世渡りする乞食坊主の「願人」たちが暮す町だ。

ここに願人の江戸総支配触頭が暮しており、「坊内」などと呼ばれている。その響きだけ聞けば、まるで大寺の境内を連想させるが、なにその実態は、貧民たちの暮す裏店に過ぎない。

町の入口にお定まりの木戸がある。何々坊と書かれた木札がぎっしりと打たれ、赤子の泣き

った。

そんな願人の女房たちが、急な雨にあわてて洗濯物を取り込んでいるところへ泡界は駆け入声が聞こえてくる。本物の坊主ではないため、妻帯子持ちの者も多いのだ。

物干竿を片付けていた太っちょうの年増が泡界に声をかけた。この「町」では法名で呼ばれることが多い。

「おゝや、お珍らしい。浄海さん」

「お頭は、お出かけかい」

路地の奥を指差すと、年増は首を横に振った。

「こんな天気の日に出かけるもんかね。さっきまで読経の声が聞こえてたから、今ごろは書見か昼寝でしょうよ」

「相変らず、真面目と言やあ、真面目なお方だ」

「あれで、外出の稼ぎが良けりゃ、立派な御触頭なんだけどねえ。まあ、あの年だから仕方ないか」

年増は腹を揺って高笑いする。泡界は苦笑いで答えて、ドブ板を踏んだ。

九尺二間、お定まりの裏店が並ぶ路地奥の突き当りに井戸があり、五間に三間の、多少小ぎれいな平屋がある。

戸口に「鞍馬寺大蔵院末触頭高林坊」の看板が掛かり、格子には注連縄が張られていた。

「御免なさいまし。えー、御免なさい」

これも僧侶らしくない物言いで声をかけると、

「どうれ。どなたか」

奥の間から重々しく返事の声。

「寺島から参りました。平(ひら)願人を相勤(あいつと)めます泡界坊浄海でございます」

「ああ、これはこれは」

出て来たのは、二十歳前後の若い僧だ。

「おや、良山(りょうざん)さん」

この若い者も願人だが、大寺の使僧と見まごうほどの清らかな見た目である。白衣、墨染めの衣に継ぎ目ひとつ無く、襟元に垢も溜めていない。

「近くまで参りましたもので。このような無様(ぶざま)な体(てい)でお邪魔いたします」

「どう仕(つかま)つりまして」

良山は鄭重(ていちょう)に泡界の履物を揃えて、上にあげた。

「御触頭様は」

「読経の後のお疲れで、午睡(ごすい)を取っていらっしゃいます」

太っちょう年増の言った通りだ。泡界は軒に当る雨音に耳を傾け、それから袂を探って紙包みを取り出す。

「これは、些少(さしょう)ながら愚僧が、先日来稼ぎました内よりの御上納金でございます」

「これはこれは」

良山は、にこにこと笑い、脇の文机から硯箱を取って墨をすった。この僧は触頭高林坊の懐刀として評判の、譜弟(ふだい)（内弟子）である。師の高林坊は、文化十一年（一八一四）、今から二十六年も前から触頭を勤め、今年七十になる。歳に似合わぬ元気者だが、近頃は流石にお勤めの後、老猫のごとくうつらうつらうつらして過すことが多いという。平願人の間でも、

「高林坊は弟子で持ってやがる」

と陰口を叩く者がいる。そういう輩はほとんどが、もう一人の触頭閑行坊の袈裟筋(弟子筋)だ。この時はさほどでもないが、六年後の弘化三年(一八四六)に至るとこの二派は、本山の京鞍馬寺が困惑するほどの苛烈な主導権争いをくりひろげるに至る。

(本山も阿呆うだぜ。支配役をふたつ作るから無用な争いが起きるのだ)

泡界は、上納金受け取りの証文を書く良山の手元を眺めながら思った。

御法度刷りの瓦版で稼いだ貴重な金子を、こうして気前良く吐き出すのも、触頭の後楯を得るためである。上納はここだけではない。この後で閑行坊派にも金を渡す手はずになっている。

(幕吏の目を潜り、あれこれ駆けずりまわって得た金を、いけしゃあしゃあと懐ろに収めやがる)

良山が手渡す未だ墨も乾かぬ証文を、表向きはうやうやしく頭上に押しいただいた泡界は低く経を唱えて、

「されば、これにて」

「御触頭をお起しいたしましょう。しばしお待ちを」

「いや、御老体なれば、そのままそのまま」

帰ろうとして、ふと良山の円頂に目を止めた。

(そうか、この者)

急に思い当った。

「良山殿は、下谷山崎町に御実家がございましたな」

「左様にございます」

江戸の願人溜りは、この橋本町の他にも四谷天龍寺門前、芝新網町、そして下谷山崎町にあり、これを俗に「四ヶ所」と呼んだ。

良山は、寺を追い出された学僧と没落した武家の娘との間に出来た子だ。幼少期に下谷の願人宿で育ったが、貧民窟の出に似あわぬ見てくれ。高林坊が掃き溜めに鶴と貰い受けて内弟子にした。

「実家と申しましても、今は両親ともに病に倒れ、弟が一人。平弟子（最下級の願人）の扱いで暮しおりますが」

「いや、さ。山崎町の地主について知りたいのですよ」

山崎町の願人溜りは、町屋ではない。下級御家人の拝領地だ。十俵二十俵の切米取りは、徳川家から与えられた拝領値を地貸店貸して、暮しの足しにしている。

特に下谷の場合、古く黒鍬大縄地などと称し、将軍家に仕える取るに足らぬ者どもが、貧乏地主になっていた。

「その拝領地主のひとつ、黒鍬について聞きてえのです」

「瓦版のネタ探しですか」

「そのようなもので」

泡界は言葉をにごした。それから、急いで懐ろに手を入れて、天保小判を一枚抜くや、良山の袖に放り込んだ。

「これは」

「いや、取っといておくんなさい。言っては何だが、譜弟さんはいろいろ物入りでしょう。弟さんの面倒とか……」

泡界の、弟という言葉に良山は、少し眉をくもらせたが、気を取り直すように袂の重さを計った。

「昔は下谷に百家ばかり黒鍬者がいたそうですが、今は十二家しか残っておりません。実を申さば、生母の実家もこの黒鍬で十俵二人扶持のドブ板暮し。祖父が悪業に手を染めて、お役をしくじった口でございますのさ」

自嘲気味に語り出した。

「七十家ほどは、十二俵が一俵増しになって、赤坂丹後坂。十八家がぐっと離れた千駄ヶ谷あたりに移ったという話でやんすよ」

良山の地が出た。口調が急にぞんざいな下級御家人のそれに変った。

「その十二家のうちに、丸八という妙な姓の家はございやすかね」

泡界も口調を合わせた。良山は大きくうなずき、

「それは名代の小役人。それも、代々悪さで知られた家筋だ。泡界さんも大変な筋を知っていなさる」

「丸八家は、そんなに悪いンで」

「両国のおでこ芝居に出る悪役の台詞にこういうのがあります」

良山は、法衣の裾をちょっとつまんで見栄を切った。

『生まれは下谷の山崎町。親はお城の草むしり。御家人中のその中でも以下席（御目見え以下）以上のド貧乏暮し。飯の小種に小強請り敲。ついには江戸を喰い詰めて』と」

「そりゃ、鶴屋南北の芝居にある破落戸丸屋八五郎の……、ああそうか。その役の元型が丸八家の」

「芝居と違って本物の丸八家は、江戸を喰い詰めるどころか、江戸っ子の生まれ損ない金を溜め。数代前に赤坂丹後坂へ引っ越して、その家の悪餓鬼が、以下席ながら内福の御厠役へ養子に入り、たいそうな御出世という噂でやんす」

「良山さん、あんた事情通だねえ。それに口も上手だ。出来ればうちの瓦版売りを」

手伝って欲しいものだ、と言うと良山は我に返って顔を赤らめた。

「なに、持ちあげてもらっちゃあ困ります。実を申さば、その丸八家の縁続きに母方の爺さんも連なっておりやして。大いに恥の家系でござんす」

良山は再び筆を取り、反故紙の裏に黒鍬者の名を幾つか書きつけた。

「この丸八新吉郎という奴が」

「相当な悪でやんすな」

それこそが葛西権四郎を悩ませている朝夕人であろう。

「こ奴をどうなされます」

「さあ、未だ思案の外でやんすが」

「新吉郎は、近頃店子から法外な店賃を取り始めたそうで。弟も仲間の願人も悲鳴をあげておりやす。出来ますれば泡界さんのお力で、こ奴に鉄槌を」

「心得ておきましょう。その機会が参りやしたら、良山さんのお智恵を拝借するかもしれやせん。その折りは」

「ええ、その折りはぜひとも」

泡界は触頭宅を後にした。良山の師高林坊は、この間ついに目を醒(さ)まさなかった。


泡界は、その足で赤坂に向う。黒鍬谷というところを、自分の目で見ておこうと思ったのだ。

「のて」と呼ばれる山ノ手は、その頃全くの辺鄙(へんぴ)なところで、特に赤坂の町屋などは、城東に住む江戸っ子にとっては異界に等しかった。

「おいらは、きのうドンドンの脇を通って桐畑まで行って来た」

などと言えば相手は必ず、

「のっぺら坊に化かされなかったか」

と尋ねたものだ。赤坂町屋には畑と名が付き、途中の溜池から落す水はドンドンと称するほどに音が大きい。このあたり年を経たムジナが化けて出ると噂されていた。

そういう場所だから、泡界も気をきかせ、途中の古書店で古絵図を買った。が、肝心要(かなめ)の赤坂丹後坂にある小禄者の敷地には、武家名が載っていない。ただ単に「御先手組」とか「小役人」と記されているばかりだ。

「こいつは手間がかかりそうだ」

泡界は途方に暮れた。

切絵図の方角と里程表を見れば、日本橋から赤坂山王権現まで三十五丁（約二キロメートル）とあるが、途中に広がる大名屋敷町を迂回せねばならぬから、実質一里（約四キロメートル）以上はあるだろう。

「帰りは真っ暗闇か」

しかし、乗りかかった船と泡界は覚悟をきめた。

三次が小伝馬町をぶらつき、広小路から両国橋を渡ったのが、ちょうど同じ頃だ。もしかすると二人は、途中の亀井町あたりですれ違ったかもしれないが、そううまく話は運ばない。

何よりも、その時の三次は雲の端でも踏むような、奇妙な高揚感（こうようかん）の中にいた。

辻っ剝ぎの手から助けた湯屋の娘、千代の舌っ足らずな物言いや仕草が頭の中を駆け巡り、歩いていても爪先から何かじりじりするような気分になっていた。

通旅籠町大丸新道で買った傘を斜めに傾けた三次は、大川の上流（かみ）を見た。

偶然にもそこは数刻前、大川を反対に渡った泡界が、川開きの中止を思って眺めた同じ場所だったが、

（あの娘、坂本町と言っていたが、この雨にも濡れず、無事帰れたろうか）

と雨景はまるで眼中になかった。

さほどの降りでもなし。御竹蔵脇を北に向って雨に煙る川面を眺めながら三次は歩く。

物思いにふけりつつ雨中を歩む寺小姓なんぞというものは、妙に人の気を引くものらしい。

石原町の堀割あたりで船宿の二階から声がかかった。

「ちょいと良い風情ですね。橋ひとつ、隔てば鷗(かもめ)都鳥(みやこどり)。ここらのかもめと昼酒などいかがです」

声をかけてきた。両国辺で大川と呼ぶこの川も、吾妻橋の上流は隅田川、水鳥の名も都鳥に変ると知っていた三次は、戯れ唄をうたった。


〽吾妻橋とはわがつま橋よ、そばを渡し(私)が付いてくる

吾妻橋の下には竹町の渡しが通っている。そのあたりに私の妻がいるから今日は御免、と掛け言葉で応じたのだ。この粋な対応にあきれたものか、女は一礼して二階の障子を閉めた。

(……とは言うものの……)

このまま白髭神社参道の家に戻ったとて、飯の仕度をせねばならない。

(最前の、船宿の誘いに乗っておけば良かったかな、と少し後悔した。と、その時。川端に立つ「め」の字に行きあたる。

眼病に霊験あらたか多田御薬師の立札だ。奥には「手なづち足なづち」の仕事場がある。

「あそこなら、冷や飯ぐらいは食わしてくれるだろう」

三次は急ぎ足で番場町の裏店へ入っていった。

戸を叩くと手なづちが顔を出す。

「おや、お狐。これはまた、良く化けたもんだねえ」

年増の彫り師は、裏店の路地を見まわし、す早く三次を屋内に引っ張り込んだ。こんな場末に役者紛いの寺小姓が現われては、人目をひいてしまう。

「足なづちさんは、何処へ」

三次は、刷り師のいない作業場に目をやる。小さな刷り台とすり切れた円座だけが、白々と居座っていた。

「版元さんに、刷り上りを持って行ったんだ。帰りは遅くなるだろうね」

足なづちは、正規の本屋から仕事を受ける「板木屋」を表看板にしていた。

板木屋は下絵師と版元の間を行き来して、何度も試し（校正刷り）を重ね、ようやく化粧刷り（本刷り）に入る。その後も版元から直しの依頼があるから、気は抜けない。

「おかげでその間、相方はお合い（暇）だ。あたしゃ朝から小石川の金剛院様にお詣りして、さっき戻ってきたばかりさ」

嘘ではなかろう。今日の手なづちは、髷も整え、麻の帷子（かたびら）に萌黄の細帯。粋な下町の姐御といった形に作っている。

「どうしたのさ、ポカンと口開けて」

手なづちは笑った。

「いやだよ、そんなに見つめちゃあ」

「すいません」

「あやまることたぁ無い。いつもの引っ詰め髷にボロの袷衣で墨だらけじゃあ、女の株も下がろうよ」

手なづちは、恥かし気に髱（たぼ）のあたりへ手をやった。

（ははあ、寺詣では口実。お目当は、小石川辺の若い衆か）

手なづちには悪い癖（へき）がある。仕事で根を詰めた後は妙に気が高ぶるらしく、ぷいと家を空ける。武家地に出没しては町道場に通う若侍に粉をかけ、夜発（やほつ）（辻淫売）の真似事をするのだ。

特に相手が女を知らないとわかれば、ただで筆おろしさせるから、御目見得以下の色餓鬼どもは、舌なめずりして彼女が現われるのを待つという。

泡界も過日、三次に釘を刺した。

「あいつは、そういう業（ごう）を持った可哀そうな女よ。だから、仲間と言っても軽々しく近づいちゃあなんねえ」

手なづちとて、裏で泡界が弟子にそう注意していることを薄々勘づいているようで、三次には、初対面以後はわざとぞんざいな態度をとってきた。

ところが、この日は互いに乙（おつ）な気分である。相手の衣装のせいか、梅雨時の妙な天気が人をして軽く悩乱させたものか。

「お狐さん、腹が北山（きたやま）（空腹）だね。それでうちを訪ねて来たんじゃないのかえ」

手なづちは言い当てた。

「はい、左様で。こんな姿では、一膳飯屋にも気軽に入れません」

「そうだろうねえ。罪深い格好だよ」

もう一度、とろけるような眼差しで三次を上から下まで見まわした手なづちは、ほうっとため息をついた。

「待っておいで。すぐに出来る。その損料ものを汚しちゃあならないから、そこにある足なづち爺さんの浴衣でも羽織っておいでな」

「はい」

部屋の隅で若衆髷を崩し、くるくると小袖袴を外すと、それまで我慢していた汗がどっと吹き出して来る。

手なづちは慣れた手つきで食事をととのえた。たすき掛けして台所の置き火を熾し、何か作っていたが、しばらくして運んで来たものは、鰹の刺身だった。

「帰りがけに顔見知りの魚屋が、鎌倉河岸にあがったのを半身にしてくれたんだ。鰹の高価売りが禁止だから、あいつらも可哀そうだ」

「贅沢ですね」

「御禁制のおかげで貧乏人が贅沢とは、皮肉だよ」

冷や飯だが、鰹皮の入った熱い澄まし汁が付いていた。

「おいしい、おいしい」

と、三次は何度もおかわりをする。

そんな子供じみた三次に目を細めていた手なづちだったが、彼が食べ終って、ほっとして茶を飲んでいると、

「で、お狐さん、町歩きで何を仕入れなすったね。その調子じゃいろいろあったろう」

「はい、その……」

口ごもりつつ三次は、杉ノ森稲荷での一件を語った。

「師匠の言いつけを守らず、人前で目眩ましを使ってしまいました」

「人助けなら仕方ないけど、また悪目立ちしちまったねえ」

「この事、師匠にはなにとぞ内緒に」

「いずれはバレちまうだろうけど、いいさ、黙っといてあげる」

「ありがとうございます」

「しかし、焼けるねえ。相手は子供っぽい風呂屋の二階女かあ」

箱膳を片づけて、ふっと立ち上った。路地に植えられた若木だろうか、新緑とドブの混じり合った生臭いにおいが、三次の鼻についた。手なづちの身体が少しよろけた。

「どうしました」

「この雨のせいかねえ。少し目がくらんじまった」

「それはいけない」

「締めている細帯のせいかも。ちょっと、端を解いておくれな」

三次は少しためらったが、後にまわって結び目を解いてやった。

手なづちの足元に、麻の帷子がばさり、と落ちた。

「あっ」

「もう我慢ができないよう」

大柄な手なづちが、喘（あえ）ぎながら三次に抱きついてきた。固い乳房が、三次の顔に押しつけられた。

「い、いけないよ。手なづちさん」

「お鈴と呼んでおくれよう」

手なづちは、手荒く三次の浴衣を脱がせると、その股間をまさぐり出した。

この家に来るまでの間、変な気分であった三次も、こうなっては否（いな）むことができない。

「お鈴さん……」

「ああ……三次郎さん」

外の雨も、少し勢いを増したようである。ドブ板に当る雫（しずく）の音と、二人の喘ぎ声が重なった。


弟子が左様な仕儀になったとも知らず、泡界は赤坂辺をほっつき歩いている。

朝夕人土田新吉郎の、背景となる実家の調査は思ったほど捗（はかど）らない。

初めは小役人屋敷地に近い赤坂新町、裏伝馬（うらでんま）町あたりの町屋で、さり気なく噂などを仕込もうとしたのだが、話が黒鍬者のそれに及ぶと町人たちは一様に口をつぐむ。中には、

「帰（け）えってくれろ」

と、水をぶっかけてくる奴までいた。

口が固いのは、地元の者を庇ってのことではない。黒鍬どもの暴力に皆、恐怖を感じているのだ。

この時代、貧乏御家人の狂暴さは古老噺にも出てくるが、江戸で特に彼らの跳梁著（いちじる）しいところが本所と、この赤坂辺であった。特に黒鍬者は、

「赤坂のあきんどは、何商売にかかわらず、黒鍬組の者どもが、乱暴なすにこまるなり」

（『音聞浅間幻燈画（おとにきくあさまのうつしえ）』）

と黙阿弥の芝居でも語られるほどの嫌われっぷりだった。

「しょうがねえなあ。町屋じゃ邪険(じゃけん)に扱われる。日はかげってくる。おまけに雨もひどくなって来やがった」

裏伝馬町の古物屋で買った破れ傘をさして、とぼとぼ溜池のあたりを歩いていると、仕事にあぶれた本物の願人坊主じみてくる。

「出掛けに橋本町なんぞを訪ねたのが、良くなかったな」

おまけに松平美濃守中屋敷の塀際で滑(すべ)り、雪駄(せった)の花緒まで切ってしまった。

「泣きっ面に蜂とは、これだぜ」

暮六つの鐘も聞こえてくる。今夜は、この赤坂泊りと覚悟をきめて、泡界は思案した。

「このあたり、泊るところといっても、そうたいしたところは無えが」

願人坊主の格好(なり)である。並の宿屋は泊めてくれまい。ふと思いついたのが、桐畑の「食傷(しょくしょう)町」だ。

『赤坂の食傷町に酒のみて、財布も腹も皆くだしけれ』と江戸狂歌に歌われる粗悪な料理店街が、ここ溜池永井町代地にある。

「ぞっとしねえところだが」

下卑た町である。人々は料理に手をつけず、そこにいる賄(まかな)い女を買う。当然、泊りも可能だし、客選びもしない。

ともかく裸足で歩くのが嫌だから、最初目についたそれらしい店に飛び込んだ。

破れた角行灯(かどあんどん)に、『赤扇(あかおおぎ)』と書かれた小汚いところだ。

「一杯やりてえ」

「願人さん、銭はあるのかね」

店の親父が失礼な口をきく。泡界が黙って南鐐（明和二朱銀）を握らせると、愛想が良くなり、黙って奥を指差した。

そこに小部屋がある。女がいつ作ったかわからぬ煮付けと徳利を運んで来た。

「おや、坊さんかい」

「客の値踏みをするなよ」

「しちゃあいないさ。この雨模様じゃ、茶をひくだろうと覚悟してたんだ。こっぱただろうが願人だろうが、ありがてえお客さんさ」

馬鹿にしてるのか歓迎しているのか、よくわからない。年の頃なら二十一、二の中年増だが、妙に顔の造作が良い。名はやえと言った。

（この女、武家娘崩れか）

と思ったが、泡界はそれを曖気にも出さず、ちょいと袂に心づけを投げ込んだ。

「おや、ありがとうございい」

「何、ただ乗りはしねえという証さあ」

急に機嫌が良くなったやえを相手に、安酒を差しつ差されつ。

そのうち、泡界は気分が悪くなってきた。悪酒に強い彼も、流石に食傷町の水割り酒は腹に合わなかった。

「もう止めときな」

やえは徳利を遠避けた。

「坊さん、この町には、一体何しに来たんだい」

膝を整してやえは尋ねる。その凜とした態度は、やはり御家人育ちを思わせた。

「いや、何さ……俺は」

誤魔化そうとしたが、ふと思い直した。泡界も膝を整した。

「おめえさんに嘘を言っても仕方無えようだ。たしかに、おいらぁ、ちっとばかり聞きまわってることがある。それが……この町の者はなかなかに口が固くてなあ」

「願人さんが、岡っ引きや徒目付の手先をやるわけもない。仇討ちか何かの調べかい」

「ほう、どうしてそう思うね」

「ここらの小役人は、人から恨みを買うことばかりやってやがるからさぁ」

やえは頬をゆがめた。

「お恥かしながら、うちもそうだったから」

やえは、そこから先が芝居口調になった。

「生まれは赤坂丹後坂。親はお城の御賄い。御家人仲間のその内で、以下席ながら内福ゆえ、つい小遣いが立ちまわり、今日は品川、明日吉原。遊び歩いて借りをこしらへ、金の無心や小強請りたかり。ついには人の恨みを買って、女房子供を放り出し、他国へ逃れて行き方知れず。残った妻子は身を落し、吹き溜ったが永井町代地」

軽く見栄を切った。なるほど場末でも山手の江戸っ子である。泡界もその台詞に合わせて、

「『清げにも、蓮は咲きたり泥水は、茶屋の女にゆずる溜池』」

一句読んだ。むろん彼の句ではない。が、やえは、ぱっと笑った。眉間の暗さが取れると、まさに花が咲いたような表情に変った。

ここぞとばかり、泡界は話を引く。

「丹後坂と言やあ、その先は黒鍬谷だな。あそこの以下席どもも、内福で悪と聞いている」

「悪いなんて物言いは新網町、いいいい、とうきたりの桶水を、お釈迦の誕生水と言うようなものさ。黒鍬の悪どさに比べたら、丹後坂の以下席なんぞ子供だよ」

「それほどひどいのか」

「あ奴らは、御家人づらしているけど、もともとが戦さ場の汚れ仕事が本職だ。火付けも殺しも本業だから、そこらのヤクザ者もかなわない。この赤坂で、上は武家屋敷から下は小屋掛けの乞食まで、銭を強請られぬ家は無いという有様。中でも丸八新吉郎という奴が……」

やえは憎々しげに言う。

(ほっ、聞かずとも、名が出る竜田の紅葉かな)

泡界の片眉があがった。

「それよ、その新吉郎がことだ。ここらで誰に話を聞いても逃げやがる」

「そうだろうね。けど、あたしゃ別に怖くないよ」

「なぜだね」

「あ奴の女だったのさ。あ奴がまだ餓鬼だった頃にね」

「ほう」

「あ奴が新しい女をこさえた時、別れ際にあたしをこの店に叩き売りやがった。その女も次の女もあちこちの岡場所に売り払って銭を溜め、十俵二人扶持ながら将軍家(だんな)の小便取りの株を買いやがった。今じゃ、同輩の黒鍬者も、面を財布で叩いて皆手下にしちまった。生き方上手ってのは、あ奴のことを言うのかなあ」

「そんじゃあ、お前さんは、新吉郎の家についても知っていなさるね。何かおもしろい話でも」

泡界は話の水を向けた。しかし、やえは苦笑いした。

「あたしが知っているあの野郎は、糞いまいましいだけのガキさね」

あ奴が、野郎に変った。やえはそこで少し口を閉ざし、ひと息ついて、

「……あ、ひとつだけ、おかしなところがあったっけ。妙なところが子供で、夜の厠(かわや)が大の苦手なのさ。必ずあたしを便所仲間にしやがる。暗い厠が嫌で、いつも庭で用を足していた。どっか壊れてる奴さ」

「ふむふむ」

泡界はいつものように、内懐ろに入れた備忘録に手さぐりで話を記している。やえは、それを、泡界が自分の言葉に何やら興奮して、股間をまさぐっているものと勘違いしたようだ。

「坊さん、いいんだよ」

「へっ、何がだい」

「あたしゃ、良いものを持ってるんだよ」

「良いもの……」

「食傷町の女に、何遠慮してるんだい。それとも、元丸八の女を抱くのはお嫌かい」

「とんでもねえ」

飛んだ掘り出し物が場末にいたものだ、と泡界は思った。

(俺らあ、この女に惚れた)とも思った。

女は薄物を行灯の端に掛けて、泡界の脇に、ぺたりと引っついて来た。

雨の音がまた繁くなった。

雨は未明に止んだ
「坊さん、木戸は開いたよ」

やえが声をかけてきた。起きがけにひどい頭痛がしたが、これは昨夜飲んだ安酒のせいだろう。

充分な心付けのせいか、沢庵に茶漬けの朝食が出た。

「後朝(きぬぎぬ)のぶぶ漬けたぁ、在原業平(ありわらのなりひら)も知らねえ乙(おつ)な味だ」

泡界はそれを啜ると、やえの下駄を借りて表に出た。

朝霧が早朝の町屋を覆っている。初めはさほどでもなかったが、南部坂を下ったあたりまで来ると、一面鼻をつままれてもわからぬほどの乳白色である。

(大身屋敷の辻番を避けてこちらにまわったが、読み違えたかなぁ)

麻布谷町(たにちょう)の永昌寺前を過ぎると、町屋の中に桐の畑がある。巨大なその葉影が、亡霊のように霧の中で揺れていた。

泡界の女下駄が小石を踏んで、じりっと音をたてた。

と、そこに、霧の中を割って出た人影がある。

悪所からの朝帰りか、と泡界は道の脇に片寄った。が、しかし、影は彼の方にどんどん近づいてくる。

目前で風体が露わとなった。着物の裾を下帯が見えるまでにたくし上げ、帯には柄短かな大(だん)刀(びら)一腰。頬っ被りで顔は見えない。

（怪しい）

所は谷町麻布の外れ。ここもガラの悪い御家人どもが暮す一角だ。

泡界は町屋の露地に入ろうとした。するとその退路を、二人の男が塞ぐ。

そ奴らも下品な格好だが、両刀だけは腰にたばさんでいた。三人は泡界から三間ほど間合いを取ると、無言で抜き放つ。

「誰でぇ。朝っぱらから追い剝ぎか」

返事も無い。こういう手順に慣れていると見えてずりずりと迫り、最初の一人が、

「うむ」

低い声をあげて斬り込む。泡界は、初手を何とか躱(かわ)すが、二太刀目に袖口を切られた。

続いて二人目が斬り込んだ。泡界も黙って斬られるほど弱体(やわ)ではない。

履いている下駄を勢い良く曲者に飛ばした。

鈍い音がして、見事鼻っ柱にそれは命中した。

「うわっ」

相手は刀を取り落した。泡界はこれを拾って、ぶんぶんと振りまわす。

並の刀術にはない市井の喧嘩技だが、そのひと振りが一人の手元に入った。刃先に、ざくりと嫌な手答えが来る。

「ち、ちきしょうめ」

曲者の一人は、自分の手首を押さえて真っ先に逃げた、顔面に下駄を食らった奴も無傷の仲間に助けられて、同じく霧の中に逃げ込む。

「おおい、忘れもんだ」

泡界は手にした血刀を振った。

「ちえっ。こいつが無けりゃ、てめえら商売あがったりだろうによう」

刀を投げ捨てた泡界は、切れた法衣の袖をしばらく眺めていたが、

「ふん、おととい来やがれ」

捨て台詞を投げつけると、市兵衛町の方へ駆け出した。

ぐずぐずしていれば、二番手三番手の襲撃者が現われると踏んだのだ。

8 とうきたり

梅雨の合い間というやつだ。その朝は、珍らしく雲間に青空が覗いている。

「与助、早くせい」

秋山長八郎の胴間声が、細川家中屋敷の門前に響く。

「ちぇっ、また八丁堀だ」

「朝湯たぁ良い御身分だぜ」

門番たちが、ぶつぶつ言いながら、門前を掃き始める中を、同心秋山長八郎は悠然と歩いて行く。

その姿は、麻の浴衣に藍の帯。湯屋差しという長めの脇差を一本ぶち込み、糠袋（ぬかぶくろ）と替えの浴衣を与助に持たせている。

臨時の隠密廻りを拝命して以来、御用繁多。ここのところは家の据風呂（すえぶろ）で我慢して来たが、ついにこの朝、

「広い湯舟が恋しくってなんねえ」

と、長八郎は坂本町通いを再開した。それは、家の小者与助の勧めでもあった。

「内湯ばかりじゃあ、気も滅入るでしょう。今日は南町の月番。お手透き（てすき）ならば、湯屋にお通いなされては」

家の内湯は与助が焚く。未明に起きて薪をくべる手間が嫌でそう言ったのだが、

「たしかに、な。せっかくの留湯（とめゆ）代ももったいねえや」

内々で盆暮に金を払い、朝湯客を止めているのである。その間、町内の町芸者たちは平然とその湯に入る。何のことは無い。彼女らに贅沢させるため、湯代を出しているようなものだ。

「それに旦那、駒菊とかいう芸者とも、さっぱり口をきいていねえでしょう」

与助は、長八郎の助平心をくすぐることも忘れない。

「うむ、とんと無沙汰（ぶさた）だ」

長八郎は駒菊の白い肩の筋や、石榴口で片膝ついて、岡湯をつかうその腰つきを思い浮べた。

途端に元気が出た。

「ようし、行くぞう」

と徹夜開けに、そのまま湯屋入りとなった。

坂本町一丁目の角を曲り、「為朝の湯」の前に出ると、様子が変っている。

特徴ある赤暖簾は見えず、代りに「ゆ」と一文字入っただけの、浅黄色のそれが掛かっている。

「親父の代替りでもあったか」

と暖簾を潜って番台を見れば、湯屋の親父は相変らずそこで煙草を吸っている。

「町会所からお達しが来やしてね。うちの赤地暖簾が贅沢に見える。取っ替えろと、こうでやす」

不愉快そうに言った。

「ただ赤く染めただけの印じゃねえか」

「腹をたてるのはこっちでやすよ。旦那が怒っちゃあアベコべだぁ」

為朝の湯の親父は半ば怒り、半ば呆れ顔である。

(湯屋の古暖簾にまでケチをつけるとは、また恐れ入った御政道だな)

しかし、長八郎はそれを口に出さず、黙って女湯の刀掛けに向った。

岡湯を貰って湯舟に入り、しばらくすると駒菊が入って来た。

相変らず、いい女だ。紅の糠袋を口にくわえて、ざっと下湯を浴びる姿に気品がある。

「冷えもんにござんす」

入浴の挨拶をして湯舟の縁をまたいだ。

「久しぶりだなあ」

駒菊は、ちらりと長八郎を見ただけで返事もしない。

「何でえ、やけによそよそしいじゃねえか」

坂本町の評判芸者はしばらく黙っていたが、平元結の髪に手をやって湯を避けながら、

「あたしゃ、母さんを変えるかも知れませんのさ」

坂本町の置屋から別に移る、という意味だ。

「一体、どうした」

「このあたりでは、お座敷というお座敷が、ついに無くなりました。贅沢御止めとやらで、旦那衆も外に出なくなっちまって」

「おめえも御改革のとばっちりを食った口だな」

「このまま行きゃあ花街では、芸妓の干物があちこちにぶら下りますよう」

酒席が減れば、当然ながらそこに侍る女たちの仕事も失われる。駒菊の置屋でも近頃は、商家の娘に三味線小唄を教えて食いつないでいるという。

「こういう場所で、お相手が八丁堀でも、言うことは言っておきましょう」

急に駒菊はふてぶてしい口調に変えた。

「ねえ、旦那。旦那は、北（北町）でしたっけねえ」

「うむ」

「北の遠山左衛門尉様は、出来ぶつだという。背なに彫もん入れて、べらんめえ。下々のことを良くわかってらっしゃるというけれど、あたしに言わせりゃ、とんと目串のきかない御奉行さ。いっときの飢饉騒ぎもようやく収まって、世の中平和というのに、伝馬町の御牢は科人で鮨桶のコハダだ。なぜかといえば、ネズミの糞みたいな些細な罪をこしらえて、まっとうに暮す町の衆を放り込むからさ。己れの手柄のために町廻りの御同心、小者、岡っ引きは、やれ簪が光るだの、裾から赤い蹴出しが見えたのと、女子供まで道端で引ん剝く狼藉。遠山様が、下々の心をわかっていらっしゃるなら、そんな馬鹿ァする役人を、真っ先に罰するもんだ。ンなこともしないから、目串がきかねえ馬鹿奉行と言うのさ。だいたい、御老中の越前守さまが……」

「待った」

長八郎は、老中の名が出かかったあたりで、制止した。

「おめえ、溜り溜った鬱憤から、素っ頓狂な事を口にしたのだろうが、俺もその目串がきかねえ役人の片割れだ。この坂本町に掛かる橋は海賊橋だが、まったくおめえは海賊みてな命知らずだよう」

はっと我に帰った駒菊は、長八郎の顔を見て身をふるわせた。

「いンや、おめえのような良い女がそこまでいきり立つのは、よっぽど生活の道に困してと見た」

長八郎は、自分の面にざばり、と湯をかけた。

「日頃聞けねえ良い話を耳にしたぜ。これが裸の付き合いって奴だな。心配しねえでも、今の話、俺は知らねえことにする。それだけじゃねえ。おめえ、この坂本町を出ていかなくとも良いんだぜ」

「えっ」

「しばらく俺の家の抱えになれ。俺を、お座敷諸芸のお弟子にしてくんねえ。あっと、こりゃあ八丁堀の御道楽じゃあねえのだ。御役目にもかかわることさね」

突然の話に駒菊は、鳩が大豆を呑んだような顔をした。

「すぐに返事しなくてもいい。承知なら、俺の家に訪ねて来な。北島町で定町秋山の住いと言やあ、誰でも知っている」

それだけ言うと、長八郎は駒菊を残し、湯から上った。

(驚いたな。ありゃあ見かけによらねえ、じゃじゃ馬だ)

身を拭って、板敷で待っている与助から着替えを受取った。

帰りかけて、ふと二階の茶釜番に声をかけようと思った。

(あいつの面ァ見るのも、久しぶりだ)

二階女の千代は、初手に何を言うだろうか、と思いつつ階段を上った。

千代は菓子箱の前に、ちょこなんと座っている。相変らず小娘じみた表情で、茶碗なんぞを拭っている。

「おい、お千代坊」

「……え、……ああ秋山の旦那……」

もっさりと返事をしたが、彼女の目線は妙に定まらない。

（以前は、旦那旦那と、小猫みてえにじゃれついてきたのによ）

無粋な長八郎でも、千代に何かあったことだけは、察しがついた。

（情夫（まぶ）が出来やがったか、いや違うな）

これは同心の勘である。もやもやしたまま階段を降りて帰りしな、

「お千代坊が妙だぜ」

為朝の湯の親父に話を振ると、

「そうなんで。心ここに有らずといった塩梅。いろいろ差しつかえておりやす」

という答だ。これかい、と長八郎が親指を立てれば、親父はうなずく。

「芝居茶屋あがりでも、男には全く未通女（おぼこ）でやす。恋患いで」

「相手は」

「千代が言うには、市村座の舞台に出てくるような寺小姓だそうでやす」

親父は千代が語った話に、多少「色」をつけて語った。

「ほほう、その寺小姓が、お千代坊助けて、下っ引きを投げ飛ばしたてえのか」

「見た目、陰間みてえでも腕っぷしが強ええときた。小娘が、とろんとなるのも当然でやしょう」

「とろん、とねえ」

長八郎は、首をひねった。

（覚え書のネタになるかな）

近頃は奉行所の報告書にも、技巧を凝らさねばならない。御奉行遠山は、全ての書面に目を

通す仕事熱心な男だが、その内容におもしろさを求める困った癖がある。この点、遠山は奇譚好み、生っ粋の江戸っ子だった。

おかげで用部屋手附、いわゆる書き物同心の中には、御府内で見聞きした変異妖怪話を、平然と覚え書に書き込む手合いもいる。

（こういう市井の奇談は、罪の無え方だ）

かねて懸案であった犯罪者紛いの岡っ引き摘発。その一助になるかも知れないと考えた。

（湯浴みには十の徳がある、と行基菩薩もおっしゃったそうだが）

今朝は湯屋のおかげで得るものが多かった、と長八郎はほくそ笑む。


遠山左衛門尉は、この日も四ツ刻（午前十時頃）、千代田に登城した。その後は、月番の南町奉行所に駕籠をまわして打ち合わせ。自分の役宅へ帰った時は、八ツ刻半（午後三時頃）を過ぎている。

着替えもせず、すぐに提出された訴状へ目を通し、吟味方与力の言葉に耳を傾ける。終ると少し休息し、茶を喫しつつ後まわしにしていた難しい案件を片付けていった。こうした文書決裁だけでも大変な分量だが、遠山は決して軽々しく訴状を処理しない。

このあたり、彼は念入りな男で、豪放磊落という世間の評判とは全く異っていた。

夕餉の時刻は、おおよそ六ツ半（午後七時頃）。小書院に膳を運ばせてとる。

妻子混えての家族団欒など無縁な人間だが、膳を囲む相伴役はいる。内与力の遠藤直三郎が、その日、町方から上って来た市井の噂話を、箸を動かしながら遠山に伝えるのである。

食事中の雑談といった体裁をとっているが、遠山はこの報告に耳を傾けることこそが、町奉行の最も大事な職務と考えていた。

「町の噂ほどおっかねえもんは、無えんだぜ」

常々、遠山は内与力たちにそう語っていた。

「人の口に戸は立てられねえというが、この噂てえ奴が、いつ膨れあがり、どこをどう巡って俺らの足もとを抄うかわからねえのだ。俺は若けえ時分、そいつを散々っぱら目にしてきた」

世上知られている通り、この「名奉行」は、僅か一年前に北町奉行を拝命した。父親は長年御勘定奉行を務めて将軍家の覚えもめでたい遠山景晋である。これも名奉行で同名の金四郎を称したから、資料の中には時折、この親父殿と景元を混合しているものさえある。

そんな人物の子であり、小普請奉行、作事奉行、勘定奉行を歴任した生え抜きの官僚ながら、この遠山、

「若い時は遊廓通いを止めず、そこでは『仲どん』と呼ばれ、彫り物もその頃に入れた」

と『醇堂叢稿』（国立国会図書館蔵）の著者、元旗本大谷木醇堂は語っている。この醇堂は若い頃、老いた遠山と親しくしていたというから金さん不良説も、ほぼ間違いないようである。

世論の恐しさ、庶民の持つ陰の力を知ったのも、そうした経験からだろう。

「直よう」

遠山は、好物の瓜漬をぱりぱりと噛りながら、遠藤に語りかけた。

「以前、臨時の隠密廻りにしてやった秋山という奴はちゃんとやってるかえ」

「はい、最初の口書きが届いております」

たからだ。

「読んどくれ」

箸を置いた遠藤は、帳面を広げた。最初に提出された長八郎のそれは報告書の体を成しておらず、彼が自らの筆で修正した。御用部屋の物書き同心には、とても見せられない内容であったからだ。

遠藤が起伏にとぼしい声で唸るように読んでいくと、初めは無表情に耳を傾けていた遠山は肩を震わせ、傾き、ついに口に入った漬物を吐き出した。

「お、お奉行。御立腹あそばされましたか」

あわてる遠藤に首を振り、遠山は大口を開けた。

「ここんとこ、ついぞ聞かねえ小噺だ」

「これは御無礼をば」

「誰が怒っているもんか。久しぶりに新堀の寄席で、化物噺を聞くようだ。あの秋山てえ定町は武骨に見えたが存外、小粋な奴よ」

「はぁ」

「人形町で不埒な下っ引きを、寺小姓が鬼に化けて投げ飛ばしたって」

「はぁ、後に秋山が目明しを通じて下っ引きをきつく調べましたるに、未だ腰も立たず、『鬼、鬼』と叫んで悩乱の体とか」

「こいつは両国、雲井運軒の目眩ましよ。すげえ奴に引っかかったな。その寺小姓は、運軒よか名人と見た」

遠山は、膝を叩いた。

「江戸は広え。この調子じゃあ、秋山はまだまだおもしれえネタを集めているに違げえねえ。今度、一回会ってみるか」

「はっ、頃合いを見計らいまして、席を設けます」

そう遠藤が答えると、遠山は急に真顔に戻った。

「今の一件で思いついた。当北町月番の時は、町娘等の衣装を路上で没収する、いわゆる『辻っ剝ぎ』を厳禁とする。禁令の違反者は、必ず番屋に連行して説諭せよ。これを強請りのタネにする目明しの類は、まずその者から捕縛せよ、と」

「ただちに御用部屋へ申し渡します」

遠藤は、頭を下げた。

泡界は谷町で襲われて以来三日間、大川を渡らなかった。

尾行られて、巣が知られるのを防ぐためだ。

「朝っぱらから斬りつけて来た奴らは……」

間違いなく黒鍬組の連中だろう。泡界は切られた袖口を眺めながらつぶやいた。

頼むところは願人溜りだ。向島からぐっと離れた芝新網町の願人宿などは、粗末ながら飯も付き、木賃は二十六文。

「いくら悪御家人だとて、こんなところまで入り込んでは来るめえ」

しかし、新網町は、四ヶ所の中でも最低の願人宿である。季節柄、肌食い虫の害がひどく、こりゃたまらんと泡界は、三日目にそこを逃げ出した。

が、衣服は汗臭い着たっきり雀。おまけにノミ、シラミの巣窟になっては、まともに大川も渡れない。

幸い路用の金子だけは潤沢にある。葛西権四郎家から貰った五両には手をつけていない。

ふと思いついた彼は、袖口の切れた法衣をくるくると丸めて捨てた。褌一丁になって金杉橋の辺で川に入り、充分に汚れを流す。

そこらにある天水桶のひとつを失敬して、素っ裸、濡れ褌の姿で歩き出した。北東の芝口に入ったあたりで、

「えぇー、お釈迦ぁ。季節外れのとうきたり。船も持たずの雇われ水夫でござーい」

哀れっぽい声をあげた。

これは「とうきたり」という。最も芸の無い願人がやるお貰いだ。本来は四月八日の釈迦生誕の日に、桶の中へ釈迦の尊像を入れて物を乞う御施行だから季節外れ、とことわりを入れている。

江戸湾の縁をなぞって鉄砲洲稲荷、大川端まで出て、ようやく一息ついた。

途中に大名屋敷の辻番所があり、並の乞食なら棒で突っ突かれるのだが、裸施行は寺社奉行所の許すところだから、皆見て見ぬふりをする。

それどころか、亀島町の河岸では泡界が、

「新網のおー、目から手を出す願人がぁー、施行を貰う節の御法事いー」

しゃがれ声で歌うと、その哀れな歌詞や良し、と商家の隠居が一朱も恵んでくれた。

「なんだ、偉れえ稼げるじゃねえか」

御法度刷りを止めて、こっちに転職するかと半ば本気になった頃、ようやく神田に着いた。

柳原土手で手にした桶を放り出し、顔見知りの古着屋「古留（ふるとめ）」の露店に飛び込んだ。

「親父、墨染めの出物はあるかい」

「おや、今日は御本業かね」

古留は、裸ン坊の泡界に目を丸くする。

「なに、ちょいとした道楽だ。この季節なら裸の方が暮し易いが、夜はちと冷るからな」

「行丈（ゆきたけ）が、ぴったりのやつがある」

古留は畳紙（たとう）に入った法衣を出してきた。

「ほう、上物じゃねえか。親父、何処かの寺から曲げて（盗んで）来やがったな」

「人聞きの悪いこと言いなさんな。これは、中山智泉院で御寺社方が捕った蔵物（ぞうぶつ）（押収品）を、買い取ったものさ」

「『お寺さんは感応寺』の、助平坊主日啓が住職やってた、あそこかい」

古留は泡界の耳元でささやく。

「水野越前は御禁令ばかり出す奴と思ったが、不良坊主と大奥に、とうとう手をつけた。意外にやるもんだ。いずれ日本橋の晒し場には、女犯坊主がいっぱい並ぶだろう」

「ふーん、大奥のきれいどころも、一緒に並べてくれれば、目の養い（やしな）になるがなあ」

泡界は貰ったばかりの一朱銀を褌の間から摑み出して、古留に放った。

「こいつを貰ってく」

「ああ、ああ、せっかくの小袖を、そんな汚い褌の上に着けちゃいけない。下帯あげるから、そいつは捨てっちまいな」

　親父は顔をしかめて、古褌をおまけに付けた。


　この柳原土手は古着買いで名高いが、他にいかものと呼ばれる贋物の古物商や講釈師の寄席、床店が集っている。夜ともなれば露店は皆たたんで帰り、後は夜鷹の稼ぎ場と化す。ごちゃごちゃしたところだ。

「悪いことは言わない。そこの髪床で頭も整えていきなよ」

　泡界が立ち去ろうとすると、古留は、

「これじゃ、いけねえか」

　六分ほどに伸びた頭に手をやった。

「その頭に上質な墨染めは、ちぐはぐだ。目明しが怪しむ。たまには身ぎれいにしなよ。向いにある露天の髪結い床がお勧めだ」

　面倒臭せえ、と泡界はつぶやいた。だが、その言葉にも一理ある。当節、岡っ引きなんぞに目をつけられて良い事などひとつも無い。

　ただ剃刀をあてるだけだから、髷の者より手間もかからない。ついでに髭もあたってもらうと、思ったより清げな法体が出来上った。

「場末でも、柳原は神田の内だ。床も良い腕してやがるぜ」

　古着屋に戻ってその出来を見せると、古留はしきりと感心して、

「泡界さんはもともと、御上品な造りなのだ。無精で大いに損している。その法衣に負けねえ

よう、せいぜいお気張りなさんし」

　余計な口を叩いた。

（何がお上品だ。この法衣も破壊坊主の蔵物じゃねえか。せいぜい着汚してやるぜ）

　腹の中でうそぶいた泡界は土手を駆けていった。


　小役人の柳営（りゅうえい）（城内）勤務は普通、三日務めの一日休みだが、朝夕（ちょうじゃく）人の土田新吉郎之成（これなり）は、五日も御殿詰めであった。

　この時期、将軍家の年中行事が目白押しであったからだ。

　毎月十五日には、御座（ぎょざ）の間（ま）で田安（たやす）、一橋、清水の御三卿を筆頭に御三家、諸大名の拝謁がある。

　続いて装束を束帯（そくたい）に改め、城中紅葉山の御廟参拝。次の日は禁裏からの使者に会うため、これまた正装となる。歴代将軍の祥月命日（しょうつきめいにち）が、それに続く。

　大御所文恭院（家斉）は、奔放な性格から、年間十数回もある命日を精進日（しょうじんび）にして済ませていたのだが、息子の家慶は律儀者で、先々代からの風儀を復活させた。

　正装になる機会が増えれば、それだけ朝夕人の仕事も増える。土田は水干（すいかん）を着用して御庭に控える、時には御廟の近くまで将軍に従うこともあった。

出もの腫（は）れもの所嫌わずで、どんなに大事な席であっても人間、尿意だけはどうしようもない。特に複雑な造りの束帯では最悪、洩らす事すらある。

　朝夕人の出番は、こんな時にある。

将軍は儀式の合い間、広間を出て廊下に立つ。これも正装した小姓頭取が、

「お筒」

と小声で命じる。土田が階（きざはし）の近くまで走り寄り、束帯の中に尿筒を差し入れる。袴は三分割されており、下帯も特殊な形になっている。その中央部に尿筒の口が引っ掛からぬよう、するりとへのこに達すると、将軍はひと安心だ。ようやく得た放尿の快感で、緊張した表情がゆるむ。

その後、下帯が濡れぬよう、さらっと抜き出して蓋をする。将軍が席に戻ると、筒の中の小便は、庭の一角に捨てる。

無作法のようだが、これも昔からの決りである。

「将軍様の尿は不浄ではない」ということらしい。あとは筒を泉水で濯（すす）ぎ、再び腰に差して控える。

（まったく笑い草のお役目だぜ）

土田は帰路、駕籠の中で自嘲した。

その駕籠は医師や武家の老女が用いるような網代（あじろ）駕籠だが、小役人には過ぎたものだ。これは土田家の養父孫右衛門が大御所家斉から許された数ある特権のひとつで、新吉郎も当然のごとく行使している。しかし本来は、「孫右衛門」名を継いだ後に用いるものだ。

その土田の朝夕人屋敷は、四谷御門を出た新伝馬町裏、安楽寺脇にある。江戸切絵図の四谷辺を見ると、西念寺横丁奥に「小役人」と雑に書かれているのがそれである。

こうした小役人屋敷は普通、角材を組み合わせた冠木門（かぶきもん）だが、土田の家は屋根付き門だ。

これも将軍家直々のお許しという。四谷鮫ヶ橋あたりの町民は、

「出過ぎたもんだよ、路地の屋根付き」

などと笑うが、中には「小便屋敷」と身も蓋もない言い方をする者もいた。土田新吉郎の評判は、このあたりでも滅法界に悪いのである。

その名物門を潜った土田は、母屋で寝たっきりの養父孫右衛門に下城の挨拶をし、別棟に入った。

未だ孫右衛門名を継いでいない彼は、母屋に暮すことが出来ないのだ。

別間に来客があった。月代を伸しっぱなしの下卑た男が、胡座をかいている。

「巳之助、どうしたい」

「どうもこうも。良くねえ兆しだ」

巳之助と呼ばれた男は、脛を搔きむしった。

「おめえさんを調べに、妙な奴が赤坂に来た」

「徒目付の手下か」

と真っ先に土田がそう言ったのは、自分でも悪党の自覚があるからだろう。聞くところによれば、御家人を取締る徒目付井関飛驒守は、水野越前の密命で悪御家人どもの再調査を始めたという。

「水野の犬んなんざ、ちっとも恐くねえ。いずれ、どっかで消してやるさ」

「いや、公儀の手の者じゃなさそうだ。願人坊主みてえな奴よ」

「なんだ、そりゃあ」

「馬鹿にしたもんじゃねえ。そ奴、溜池の食傷町で聞き込みをしゃがったから、手練れを繰り出して殺っちまおうとしたが、返り討ちにされた。一人なんぞ、手首を落されかけて、二度と刀が持てねえ有様だ」

男――塙巳之助は、ふてくされた。こ奴も十俵二人扶持の黒鍬である。以前は香具師や岡場所者の下で裏仕事をしていたが、今では新吉郎の専属になっている。土田家の陰の武力と言って良い。その力の元が、

「馬鹿にしたもんじゃねえ」

という願人坊主は、よほどの奴に違いない。

「うーむ」

新吉郎は腕組みした。答えはすぐに出た。

「こいつは、葛西の糞取り長者が仕掛けやがったか」

「やっぱり新さんも、そう見るかえ」

二人は黒鍬谷で、幼い頃から「みの、しん」の仲だったたから、話は早い。

「権四郎は、一人娘お元の妾奉公を、ずっと断わっていやがったが、こっちが引かねえもんだから、ついに妙な奴を送り込んで来たんだろう」

「地元でおめえさんの旧悪を調べあげて、お恐れながらと徒目付に訴え出るつもりだな」

巳之助はにやにや笑ったが、土田は無表情に、

「そうはさせるか。こうなりゃ、こっちが葛西権四郎の後めたいところを調べ尽して、強請りにかけてやる。あれだけの身上だ。叩けば埃が、いや糞も出るだろう」

「おもしれえ、小便屋敷が糞長者に喧嘩売るのかえ」

その放言に、土田は眉をひそめながら、

「巳之助、まずは手始めにその願人を見つけてぶっ殺せ。そ奴は溜池の、何処で話を集めてやがったか」

「新さんも知ってる永井町代地『赤扇』の」

「なに……」

「おやえが、ずいぶんその坊主としんねこ(親密)だったと、店の親父が言っていたっけ」

その言葉を聞いて、土田の表情が一瞬くもったが、すぐに元の面つきに戻った。

「あのスベタ。昔の女なりゃこそ、放っておいたが、……殺っちまえ」

「えっ、殺るのか」

「うむ」

土田はしばらく口をつぐんだ後で、

「願人溜りで一番でかいところは神田橋本町だろう。死骸は船で運んで、両国の目のつくあたりに放り出せ。良い威しになる。願人も坊主のうちだから、知ってる女とわかりゃ供養ぐらいはするかもしれねえ」

「そこを見つけて、ぶっ殺すか。新さん、おめえの悪さにゃ、つくづく感心するぜ」

巳之助は、嫌な顔をした。

泡界は花川戸から吾妻橋を渡った。未だ日は高い。

家に帰る前に、ふと思いついて番場町へまわってみた。古留に褒められた「お上品な御姿」を、手なづち足なづちに御披露申しあげようという魂胆だ。

いつもの看板障子を開けると、手なづちが、ぼんやりと座っていた。

「おんや、足なづちの爺さんは」

「相変らずの版元まわりさ」

うって変った泡界の姿を見ても、何も感じていないようだ。日頃の彼女なら飛びあがって喜ぶか、

「何を馬鹿目立ちする格好するんだい」

と、嘲笑うところだ。しかし、今日は様子がおかしい。

(妙に目を外らしやがる)

海千山千のあばずれを装っているが、内実は、そこらの女よりよっぽど純な部分のある女なのだ。

「おい、お鈴……」

泡界は法衣の裾を払って、版木の間に座り込んだ。

「おめえ、後めてえことがあるんだろう」

真っ正面から手なづちの顔を眺めた。

「おめえが銭金や衣装の件で悩むなんぞ、有り得ねえ。こいつは男の一筋、色の道と読んだが、どうでえ」

「……」

手なづちは口ごもった。すかさず泡界は、

「亭主と言ったって足なづちは腎虚で、おめえの男漁りは御公認だ。おめえの初物食いも、色ガキへの施しだからと何の後めたさも無えはずだ。あとは身内に手ぇつけて……」

と、ここで泡界は、ちっと舌打ちした。

「おめえ、俺の弟子にちょっかい出しやがったな」

「御免よ、どうしても我慢しきれなくってさ」

「まあ、仕方が無えやな」

泡界は、怒り顔を急に崩した。

「人の事は言えねえ。おいらも、大坂生玉の別所にいた時、一夜おめえと乙な気分になって、しっぽり濡れたこともあるじゃねえか」

「そうだったねえ」

「しかし、困ったな。同じ女とやっちまっちゃあ、師匠と弟子が穴兄弟になる」

「御免よ」

「終っちまったことだ。何度も謝るな」

「……でも」

「人がせっかく許そうというのに、まだ何かあるのか」

手なづちは、言い辛そうにもじもじしていた。が、ついに、

「三次郎さんは、妙なんだよ」

「妙とは」

「床の具合が、さ」

「どういう風に」

手なづちは、声を低めて訥々（とつとつ）と語る。

「あたしは、十一八一（といちはちいち）の経験（ためし）も一度や二度じゃない」

十一八一とは、今でいう同性交のことだ。

「……それで一応は女の肌合いも床あしらいも心得ているのだけど、三次郎さんと抱き合った時、ずっとそれが思えて……並の男と違うものでしたよう」

意外極まり無い話である。

「たしかに、三次は女くせえが、まさかなあ」

「泡界さんは御弟子と肌は交さないのかえ」

「前から言ってるだろう。俺はケツの穴より、浅草奥山、やれ突けの姐さんのあそこを狙う奴よ。馬鹿ぁ言うな」

と、言ってから、しばし押し黙った。

（三次は『男女（おめ）さん』だったのかもしれねえ）

たしか隠れ家に、それに触れた奇談集があったはず、と泡界は思った。

9　刻（きざ）み足

泡界は、青葉の色濃い墨堤（ぼくてい）を、袖ひるがえして駆ける。

自宅手前の諏訪神社境内に入り、井戸端の水を汲んだ。ごくごくとそれを一気飲みして一息つき、

「俺もまったく迂闊な野郎だ」

自分の坊主頭を叩いた。商売柄、奇談怪談の書を読み漁り、「千三つ屋」などと良い気になっておきながら、身近な弟子の秘密も見抜けなかった。江戸っ子の言う目串がきかねえ、というやつだ。

白髭神社参道の茅屋（ぼうおく）。その建てつけ悪い戸を開ける手ももどかしく、本棚に寄り付いた。

ここには彼が苦労して集めた奇事異聞本が山を成している。

浅井了意の『狗張子（いぬはりこ）』を筆頭に、馬琴の『異聞雑稿』『諸国里人談（りじんだん）』『太平百物語』等。泡界は、それらを妖異、水辺、世相、仇討といった風に分類して瓦版のネタに使っていた。

「たしか、桂翁（けいおう）の『宝暦現来集』に」

本の間へ垂らした附箋をめくってゆく。小半刻後、それは見つかった。

「『文化十四年丑（うし）四月四日。筑後国上妻郡稲留村と申すは、有馬玄蕃頭殿領分、百姓忠吉娘変生男子……』」

という書き出しである。

（物覚えは、まだ衰えちゃいねえや）

変生は変成とも書く。忠吉の娘るみ十六歳は、元来女の手作業が不得意で、農作業、馬牽（うまひき）などに精を出す。両親が数々の不審に娘が眠った時、その下半身を確めれば「陰茎出来、陰袋な

るもの御座候」。見掛けも次第に男子となり、ついに役所へ届け出て人別も男とした、という。

また、文化十一年中に出た石塚豊芥子の『豊芥子日記』巻上は、「婦女子変化」尾州愛知郡米津村百姓五左衛門娘そねの事として、

「二十七歳の三月頃から陰門しきりに痛み、寒熱（風邪）持病の癪（腹痛）有りしが、四月に相成り、陰門の内より男根生じ、追々全くの男に相い成り候……」

両親が代官所に届けを出して見聞の上、娘は元服。月代を剃って名を久七に改めた、とある。

同種の話は十数例を数え、それがほとんど文化文政期（一八〇四－一八三〇）に集中しているのが奇妙だ。

（この時期に、一体何があったのだろう）

泡界が考え込んでいると戸口が鳴って、三次が帰って来た。今日の彼は藍縞の浴衣に三尺を締め、肩に手拭いの町若衆だ。昼風呂に行っていたという。

「寺島の渡しかえ」

泡界は急いで附箋を隠した。

「ええ、教えていただいた湯舟です。良い湯加減でしたよ」

三次は泡界の手元を見、書棚に目をやって、全てを悟ったようだった。

気まずい沈黙のあと、三次は畳に座った。

「すいません」

「何をあやまる」

「女犯の罪を犯しました。手なづちの姐さんと」

「待て待て」

泡界は、手を上げて制した。

「俺は、おめえさんを仏弟子にしたわけじゃねえんだぜ。瓦版屋の見習いにしたんだ。女犯なんぞでいちいち破門にしてたら……俺もつい先(せん)に……」

と、そこで泡界は『赤扇』のやゑを思い出して、我知らず赤くなる。

「うん、まあ、その何だ。俺は気にしちゃあいねえのだ。おそらくお鈴の奴が言い寄って……」

もごもごと胡魔化していると、

「それに私の秘密も、すでに御存知のようですね。お鈴さんからお聞きになりましたか」

三次は、図星を突いた。

「御察知の通り、私は並の身体ではありません。もっと早くお話ししとくべきでしたが、きっかけも見つからず、ついずるずると時を経てしまいました」

三次はこれを機会と、身の上を語り出す。

「私が熊野から出たというところまでは話しましたね」

「聞いた」

「家は紀伊国東牟婁(ひがしむろ)郡北山。そこは御三家紀州徳川家の飛地領。父は江戸者で銅山の差配。母も紀州藩江戸詰めの娘」

「言葉に、さほど訛りの無いのは、育ちゆえかい」

「はい、左様。……私は峰と申し、十四の歳まで何事もなく育ちましたが……その年、三月上旬よりにわかに陰門強く痛み、ひと月ほどして陰戸閉じて核腫れあがり、これが男根と化しました」

不得止事、両親にこれを話し、鉱山の医師にも診てもらったところ、「変成男子の症に御座候」という見立てであった。

「水のせいか、熊野の霊気がそうさせるのか、以前より北川の鉱山近くにはかような例が多く、それまでにも数人の変成男子有りしとか」

やむなく親が紀州藩代官所に届けを出したところ、領内大沼般若寺の僧が、それを奇瑞として言祝いだ。

「『妙法蓮華経』の『提婆達多品』にも、竜王の娘がたちまちのうちに男と成り、仏陀となった。『その女根消失して男根出現す』とある。この者を寺で引き取りたい」

と申し出た。両親はあれこれ考え、狭い土地で好奇の眼に晒されるより、いっそ寺に行かせた方が娘の――いや息子の――ためだろうと承諾した。

が、その寺もまた世俗の延長でしかなかった。特に若い僧たちは、お峰に好奇の目を向け、事あるごとに差別した。中には、経典の言葉を曲解し、『竜女を抱けば早々に解脱を得ん』などと妄言を口にして、夜這いする悪僧まで現われるに至った。師の僧はついにお峰を寺から放った。

「しかし、お前には何の罪もない。まことに不憫なことや。これも因果と申すものであろ」

師の僧はせめての餞にと、自分が熊野山中で会得した幻術を幾つか伝授した。お峰は、家に戻らず、放浪の旅に出た。日々の費えは辻で目眩ましを見せて稼いだ。

「それでこの三月、向島にたどり着き」

「お狐の真似事して、俺に出合ったと……」

「あゝ時は、長旅の疲れで、流石に飢えておりました」

「あの天麩羅はうまかったな。ところで、お峰が何時、三郎介と名を変えた」

「あれは」

時には男、時には女になって駿河国は宇津ノ谷峠まで来た時、山賊に襲われ、やむなくこれを返り討ちにした。

「それが袖師（地名）の三郎介という、ふたつ名の浪人者。以来その名を己れの名といたしましました」

「まるでクマソのタケルを討って、名をヤマトタケルに改めた小碓命だ。そういえば小碓命も女に化けてタケルを討ったという」

泡界は高笑した。しかし、三次はさらに表情を固くして、両手をついた。

「狐狸は正体を悟られると他所に移るとか。かような仕儀と相成りましては、当方もこれ以上、こちらに御厄介をかけるわけには参りません。これを」

三次は懐ろから、薄紙の束を取り出した。

「これは、いつか師匠にお渡し申そうと、折りにつれて書き連ねた我が生き様。どうぞ瓦版のネタにお使い下さい」

泡界は黙って受け取り、目を通した。それからゆっくり立ち上って台所の方に行き、竈の置き火に置いた。紙束は勢い良く燃え上った。

「あっ、何を」

「俺を安く見ちゃあいけねえぜ、三次」

泡界の顔が少し怖いものに変った。

「俺の瓦版や御法度刷りにゃ、鬼娘だのろくろっ首なんてイカサマは出すが、生まれついての難ある人間をあげつらい、笑い飛ばしたことは一度たりとも無えのだ。俺が書きつけるのは、銭金ずくで他人を蹴落そうとする奴。理由もなく弱ええ者を傷つける奴。てめえが馬鹿だということがわからねえ大馬鹿野郎なんぞを笑い飛ばすのだ」

台所の火が消えたのを見すまして、座敷に戻った。三次の肩をぽんと叩いて、

「そう急いで出てくことは無え。もう少しここにいて、俺を助(す)けてくれや。頼むぜ」

と言った。三次が返事もせずにいると、

「何たって、おいらとおめえさんは、ともに手なづちの姐さんを抱いた、俗に言う『穴兄弟』って奴だ。男同士、これほどの深(ふ)けえ仲は無えんだぜ」

三次は、少し表情を柔らげた。泡界が自分を「男」と認めてくれたからだ。

「そうとなったら、俺たちは師匠、弟子じゃねえ。これからは兄貴、三次の仲だ。てえげえな敬い言葉も無しだぜ」

泡界の言葉に三次はうなずく。

「ようし、じゃあ、まだ日は高けえが、兄弟杯といこうか。酒はそこにある。肴は納戸に『佃(つく)政(まさ)』の佃煮が入(へえ)ってる」

風通しを良くしようと、泡界は戸口を開け放った。堤越しの川風が、むせかえるような夏草

のにおいを運んでくる。

武家行列に言う「刻み」とは、早足のことだ。露払いから駕籠、伴押し（頭）までが、足音を揃えてザッザッと進む。

実に勇壮なものだ。これは通常、老中の他、特に許された家だけの特権である。

先年、佐賀の大名鍋島家の若い当主がこれに憬れて、山下御門近くで刻みを命じたところ、幕閣から強くお叱りを受けたという話も伝わっている。

遠山左衛門尉は登城の際、この刻みが許されていた。

町奉行は多忙で、緊急の用件を常に抱えている、というのがその理由であった。

（今日も越前侯の、辛気臭せえ顔を見なきゃなんねえのか）

小刻みに揺れる駕籠の中で、遠山は思う。月に三日の辰の口詣でが、ここのところ三日に一度だ。

この五月は、祭礼緊縮令と婦女子の奢侈禁令程度で終ったが、秋には風俗営業や出版、物価引き下げに関する禁令が目白押しとなる。

（御老中は、大御所時代の泥水を、全部洗い流そうって魂胆さ）

たしかに、先の将軍家斉の代には、江戸も町人文化は爛熟の極みにあった。大商人の度を越した贅沢と役人の腐敗は目に余った。だから当節、識者の中には、水野越前を鬼退治する桃太郎のごとく讃える者もいるという。

（けど、みんなまだ気づいちゃいねえ。あのお旦は生真面目なだけに、一度世の中改めようと

思ったら、とことんやる奴よ。この世に生きてる者が全て死に絶えても、道徳さえ行き渡ればそれで良しとする心の壊れた奴さ）

江戸城本丸、「表（おもて）」と称する御殿内に入った遠山は襖に美しい芙蓉（ふよう）の花が描かれた諸役の間に詰める。

この「芙蓉の間」へ、老中部屋から連日御呼び出しの御坊主が来る。その口上は判で押したように、

「御老中部屋にて、御用にございます」

勘定、寺社、作事、大目付、留守居、奏者番（そうじゃばん）など、役職と名前を呼ばれるたびに、彼らはむっつりと押し黙ったまま席を立つ。

中には眉間にシワを寄せ、唇の端をひくつかせる者もいる。あきらかにそれは、老中の叱責を予想したものである。

「北町奉行遠山左衛門尉様あー。御老中の御部屋にて御用の由（よし）にござりまするー」

不思議な事に、この日の御坊主口上は僅かに違っていた。

遠山はさして気にすることもなく、御坊主の先導で廊下を渡った。

老中部屋とはいっても、そうたいしたところではない。幅一間に奥行き四間。長細い小振りな座敷である。

普段はここに首座の水野越前と月番の老中が詰めているのだが、この日、案内の御坊主は、部屋の前を通り過ぎた。不審に思った遠山が何か言おうとすると、

「こちらに御案内せよ、との御下命にて候」

固い口調で言った。

廊下の少し先に鷺(さぎ)の絵を描いた杉戸がある。そこが幾つかある控えの間と、遠山も知ってはいた。御老中部屋も実は控えであり、本来老中首座の部屋は城中竹の間とされている。

御坊主は廊下に人影の無いことを見すまして、杉戸に手をかけ、空咳をひとつくれた。中から声が聞こえた。遠山は敷居際に膝を突いて中に入った。

窓の無い塗り籠の部屋である。昼間ながら行灯に火が入っていた。江戸城中は防火のために灯を用いる時刻が決っているから、これも異例のことだ。

「左衛門尉、さぞ不審であろう」

部屋の奥から水野越前の声が聞こえた。遠山は闇に向って平伏した。

「あちらの部屋では、他の老中の耳もあるから、ここにした。互いに忙しい身ゆえ、話のおもむきだけ急ぎ申しておく」

「はっ」

「市中の禁令は、ある程度進み始めたと聞く。次はいよいよ将軍家御側への御改革に手をつける」

「はっ……」

「まずは大奥。続いて三佞人の息がかかった西ノ丸残留の者どもも、一掃する」

すでに大御所家斉の死後に奥女中、御側衆など二十余人が処分されている。

(これ以上の罷免者が出るのか)

しかし、その処分役は大目付以下の仕事であり、町方遠山の仕事ではない。

「例の下総智泉院、谷中感応寺両僧侶どもの罪は定まった。文恭院様（家斉）なき後、奴らの処分は思いのまま」

しかし、と水野は言葉を継ぐ。

「文恭院様よりの御寵愛を、十二代様（家慶）の代になって尚、受け継ぐ者どもがいる。御坊主、御賄い、庭の者、そして公人朝夕人。いずれも将軍家に身近く侍る軽輩ゆえ、逆に処分が難かしい。しかし、これも見逃せば改革の障害となる」

その取締りは目付、徒目付の担当だが、昔から手が行き届かない。水野は続ける。

「そこで、市井の知識豊かなそなたの知恵を借りたい。悪御家人の内情を探り、その利のもとを、まず断ってもらいたいのだ」

「利のもとを……でござるか」

「並の手でかなわぬなら、裏の手を用いてでもその息の根を断て」

遠山は驚いた。この老中は、悪漢には非合法な死を与えても良い、と言っている。

「越前守様ともあろう御方が、町奉行に法を犯せと申されるか」

「わしが行なおうとする御改革は、過度の人欲を戒めるを本旨とする、儒教の学にのっとったものだ。これに反する輩は、御政道の妨げの最たるもの」

この老中はやはり病的なまでの倫理観の持ち主だ、と遠山は思った。

「心得ました。されば、中の数人に難をつけて摘発し、御家人どもへの見せしめといたしましょう」

長くこの席におれば、また妙な注文をつけられるであろう。急ぎ遠山は話を打ち切った。

「粛々とこれを成せ。頼むぞ」

水野越前は、うなずくと先に席を立った。

遠山は、何事も無かったかのように芙蓉の間へ戻り、同室の者と気易く言葉を交した。

営中における遠山の、その評判の良さは講談にあるような強直さではない。人当りの良さと、時には上席の者にも阿る卑屈さにある。

昼は奉行所より届けられた弁当を食べ、下城までの刻を過す。この時も彼は油断しない。質素倹約を旨とする水野越前は、控えの間で食する弁当の菜にまで目を光らせていた。茶を運ぶ御坊主たちに監視させ、少しでも季節めいた品が詰められていると、

「〇〇様の御重箱は、色どり豊かでございました」

等の密告が成される。ただちに御老中部屋から叱りの伝えが届く。

「重箱の隅を突っつくとは、まさにこの事」

と、言う者があったが、そうした不満の言葉さえ直後に伝わる。

遠山は、そのあたりも心得ていた。茶色く煮染めた菜ばかり詰めて坊主の目を胡魔化し、

「あの粗食振りでは、御奉行の激務に耐えられぬのでありますまいか」

逆に同情されたりした。

(なあに、若けえ頃、色街で『仲どん』をしていた頃に比べれば、こんなものは御馳走さあ)

苦労人の遠山は、平然としたものだ。

八ツ刻、下城。内与力の用意した訴状の決裁と、お白洲での申し渡しが待っている。後世の映画や芝居では、この時、

「遠山左衛門尉様、御出座――」

などと声がかかるが、それは有り得ない。罪人となる者が、後からお白洲に引き出されてくるからである。

こうした業務が全て終れば、遠山は元の用部屋に戻るのだが、この日は内与力の遠藤に命じて、秋山長八郎を呼び出しておいた。

役宅に通じる廊下の端に遠藤を座らせ、自身は厠の御手水脇に立った。

「済まねえな、こんなところに呼び出して」

本当に済まなそうに遠山は眉を下げた。

「いえ、朋輩にも秘密の使命でありますれば」

長八郎は頭を下げた。

「おめえさんの報告書には、いつも感心させられる」

「おそれいります」

「おめえさんを、内々の隠密廻りにして正解だ。俺もまだ、人を見る目が衰えちゃいねえ」

遠山は、長八郎を褒めるだけ褒めあげておいて、

「それで、だ。やって貰いてえことが出来(しゅったい)した。御改革の実を見せるために、悪御家人を一匹、槍玉にあげて貰いてえのさ」

「はあ、見せしめですか」

「ただでさえ人気の無え御改革だ。このあたりで大向うが喝采を送るような、そういう話が必要なのだ」

「……と、御老中がお命じなされましたか」

「しっ」

遠山は苦笑いした。

「おめえ、ちっと口が軽いぜ。まあ良い。誰かそういう悪党は知らねえか」

「私は、徒目付の手先ではございません」

「ンな、木で鼻くくったような事を言うなよ。役料にもちっと色をつけてやるからよ」

遠山は哀願するように言うが、他所(はた)の者が聞けば、とても奉行所内のやりとりには聞こえまい。

下卑たやりとりのあげく、長八郎は奉行の言うなりになった。所詮、彼は平同心。遠山は従五位下朝散大夫(ちょうさんたいふ)。芙蓉の間詰め三千石の大身である。

同心控えに帰った長八郎は、伸びをした。

「ああ、くさくさするぜ。今日は定刻戻りにして内湯を沸かすか」

気分直しに、駒菊でも小脇に置いて、一杯やろう。そう考えただけで、僅かに救いのようなものが感じられた。

泡界はその日も三次を町へ放つと、一人裏手の善左衛門新田に向った。

前日買っておいた深川佐賀町代地の名菓子司、「織江(おりえ)」の袱紗包みを抱えている。

「織江」は、本所安宅(あたけ)の松廻鮨(まつのずし)、堺町の金竹輪鮨(きんちくわ)と並ぶ三音物屋(さんいんもつや)（江戸の三大贈与店）だ。

目的地は、田の中にある利平隠居の家。畔道を行けば、何処からか稗蒔(ひえま)き売りの声が聞こえてくる。

「梅雨も、もう開けるなあ」

稗蒔きは、小さな水盆に稗の種を蒔き、これを田に見立てて飾り物にする。

利平の家に着くと、老人はその稗の水盆をいじくっていた。

「参りやした」

「おや、泡界さん。人体が」

「たまには身ぎれいにと思いやして」

泡界は庭先で、奴凧のように両袖を広げてみせた。利平は膝をほとほと打ち、

「うむ、見た目は谷中感応寺の学僧といっても通じます」

「御隠居、縁起でも無ぇ。まだ日本橋に晒されたくはござんせん」

泡界は、手にした袱紗包みを持ち上げた。

「こちらへ」

それと察した老人は、泡界を縁側に差し招いた。

菓子折りを勧めると、大きさの割りには重そうなそれを見やって、

「奮発いたされましたね。気を遣わせました」

「一度、御音物献上ってやつを、やってみたかったんでござんすよ」

折りの中には落雁と、南鐐八枚（小判一枚分）が敷かれている。織江の店でそのようにしつらえたのだ。

「大御所時代には、織江の練切りなんぞもう食べ飽きて、隣近所に配り歩いたもんですが、こ

んな世になっちまって。どうです、両国の景色は」

「へえ両岸は静かなもの。この調子では富士講や小富士巡りの線香も立たねえことでござんしょう」

しばし二人は、あたりさわりの無い話に時を過したが、ふとそれが途切れると、

「いくら物好きな泡界さんとて、中敷きの二朱銀をわざわざ廃（すた）れた年寄りに恵むため、ここに来たわけじゃあ、ありますまい」

「へい、実は」

泡界は居住いを整す。

「ちょいと御家人の職掌や、家の由来なんぞをお聞きしてえと思いやして」

「そのようなものは、通（とおり）三丁目の『武鑑』を見ればわかることですが、元公事宿師を頼るとあれば、危うい筋ですね」

「へい」

泡界は、ちょっと間を置いて、その名を口にした。

「赤坂丹後坂下御黒鍬組丸八家、御禄（おたか）は十俵と二人扶持……」

「そいつは、剣呑（けんのん）」

全てを聞き終える前に、利平は声をあげた。

「御存知とは、流石生き字引きだ」

「御家人悪は森田座の舞台にも出ますが、奴鬼八（やっこおにはち）も権十郎も、本物の黒鍬には比ぶべくもない。そもそも丸八という妙な姓は、東照大権現から賜わった、と聞き及びます」

「たいそうなものでやすねえ」

「初代の丸八兵六（ひょうろく）なる者は、戦場の死骸片付けをする卑役なれど、家康公の命を狙う三河一向一揆の仕物師（殺し屋）を御馬前で討ち取った豪の者。一時は、家康公馬廻りにまで出世しましたそうな」

「そんな家が、下っ端御家人に落されましたか」

「二代台徳院（秀忠）の頃、さる遺恨から御寵愛の者を殺害。そのやり方というのが、糞壺の中にこもって相手が厠に入った時、下から手槍で突き殺したのだそうです。文字通り、その汚いやり口に、台徳院も激怒なされたが、御神君お声がかりの者とて一命を助けられ、以来元の黒鍬として身分が固定されました」

「なるほど」

「俗に五役と申しまして、黒鍬、中間（ちゅうげん）、小人、御六尺（おりくしゃく）（駕籠の者）、掃除者は徒目付配下でございますが、黒鍬は軍陣土工の役を成し、戦時には伊賀者の指揮下に入ります。まあ、忍びの下請けがごときもの。それゆえ、人殺しや謀略もお家芸です」

「伊賀者の下請けを、ねえ」

「当節は忍びも技が廃れて、ただの御城警備人。黒鍬の方が、なんぼう小才がきくかわかりません……」

　お持たせ物を失礼、と言って利平は菓子折りを開いた。

「……そういう怖い家筋を、二百年以上も十俵二十俵で飼い殺しにすれば、ずいぶん悪くもなりましょう」

老人は、二分金の上に乗った落雁をひとつつまんだ。

「左様でござんすねえ。いや、ずいぶん知識になりました」

うまそうに落雁をぽりぽりかじる利平へ頭を下げた。


その日の三次は、洗い晒しの萌黄の単衣に薄茶の帯、首に汗止めの手拭いを巻いて町若衆に造っている。

これも柳原の古留から損料借りした衣装だ。手には長柄の桶。そこに水を張り、五弁の赤い花を活けている。

「ざくろェー。ざくろ。雑司ヶ谷大行院のざくろー花」

澄んだ声で米沢町のあたりを流して歩けば、その小粋な姿に、町行く女どもが集って来る。ほとんどの女が赤子を抱いていた。彼女らは柘榴花を家に祀った子育て神、鬼子母神に供えるのである。

三次は町の辻でそれを商いつつ、噂を集めた。このころになると、彼はいちいち帳面に書き止めなくとも、話の筋を覚えることができた。

その柘榴花もだいぶ売れて、あとふた折りほどになった頃、三次は薬研堀に出た。

両国の河岸に沿って橋番所のあたりまで行くと、岸辺に人だかりが見えた。

ちょうど、番所の手伝い人が船を出すところだ。岸から五間ほど離れた波避け杭の一本に、死骸らしきものがある。

どうやら若い女らしい。血の気は抜けて真っ白な肩肌と、蒼く腫れあがった片頬が見える。

腰の細引きに何のまじないか赤い扇子が差してあった。

「何だねえ、良い女じゃねえか」

「溺れたにしちゃあ、着物が脱げてねえな」

「水死人なもんか。杭に荒縄でぐるぐる巻きだ。ありゃあ傷(いた)ぶり殺して、死骸を晒してるのだ」

「誰がそんな非度(ひで)えことする」

「おおかたヤクザ者が、足抜けした隠し売女を見せしめに殺したんだろ」

見物人の中に、そんな穿(うが)った事を言う奴もいた。三次が背伸びして川面を覗き込めば、

「おう、若けえの」

声をかけられた。振り返ると、月代を伸した痩せぎすの侍である。

大刀一本差しの浪人体だが、矢車の紋が付いた麻の小袖を着けている。

「そこの花を全部くれ」

「へい、ありがとうござんす。一本六文で」

侍は無雑作に桶から摑み出し、袖に抱いた。

「おっと濡れますよ」

「かまわねえよ」

にっ、と頬をゆがめた。凄惨な笑顔だった。三次は、ぞっとして身を引いた。

侍は見物衆を掻き分けて岸辺に出た。先刻まで女の死体が掛かっていた杭のあたりへ花の枝を放り込んで、手を合わせる。それを目にした見物人が、

「見かけによらねえ、殊勝な御浪人だ」

「鬼子母神は、女の神だからな。柘榴は良い供養にならあ」

などと言う。三次の思いは別であった。

(女を殺したのは、あ奴だ)

　こうした勘は、外れたことがない。

　三次は、去って行くその浪人者から漂う殺気を感じつつ踵を返した。

縁起(げん)が悪いものに出合うと、悪縁が憑くという。一刻も早く家に帰って氏神に厄避けを願うが良策であろうと、足早に両国橋を渡った。

　その「浪人体」の者こそ、殺し屋稼業の塙巳之助。「赤扇」のやえを殺した後、土田から命じられた通り、両国に運んで晒した。

　例の「願人坊主」の出現を待ったが、それらしい奴は見当らない。

(新の悪知恵も、底が見えたか)

　一応、神田橋本町を見まわり、四谷新伝馬町の土田家に戻った。

「だめだったぜ。坊主は出て来なかった」

「やはり願人は変装で、中味は目付の手先か」

　土田は舌打ちした。巳之助の座っているあたりに小判を投げつけて、

「手間賃だ」

　船漕ぎの手間賃も、含まれているのだろう。

「こうなりゃ、徒目付の井関も闇に葬っちまうか。いや、今はまずいな」

土田は手にした錦の筒袋に一礼して、床ノ間に置いた。中味は大事な商売道具。将軍様の御尿筒であろう。

「今は、葛西権四郎の娘を無理ずくにでも物にして、野郎の利権の何割かむしり取るが先だ。月に千両動かす糞長者の銭が入りゃ、目付、徒目付の首だってすげ替えられる」

土田の言葉に、巳之助は口を尖らせた。

「しかし、権四郎の娘お元には、弥助ってえ御立派な許婚がいるってえじゃねえか」

「その弥助が死んじまえば、どうだ」

土田はうずうずと笑う。

「そのあたりを見計らって、柳営から内々に娘を大奥へ差し出せと差紙が出る。あとは、難癖つけて俺がお元をお下りに貰い受けるってえ寸法よ」

「そううまくいくかねえ。だいたいがその将軍家の差紙ってやつを、どうやって都合つけるんだ」

「俺を誰だと思ってる。十一代様よりの御寵愛めざましい、柳営の公人朝夕人だぜ。御側御用人にせがめば、何枚だって出てくらあ」

「ちぇっ」

巳之助は、胸元を掻きむしった。

「可哀そうな弥助を殺す役は毎度お馴み、この塙巳之助様かあ」

「事が成就すれば、いろいろ報いてやるぜ。黒鍬身分から引き上げて、俺の側用人に取り立ててもやろう」

土田は、もう一度床之間の御尿筒に頭を下げた。その背中を、険しい目差しで巳之助は見つめた。

三次が白髭神社の境内で、しきりに厄払いの呪(しゅ)を唱えていると、法泉寺の裏手から出し抜けに泡界が現われた。

聞けば、善左衛門新田から渋江村の方にまわり、在の者から泥鰌(どじょう)を買ったという。

「今夜は、ドジョウ鍋だ。買っておいた三州八ツ橋味醂(みりん)を使おう。ん、どうした妙に打ち沈んでやがるな」

「ええ、実は両国で」

かくかくしかじかと三次は語る。

「腰に赤い扇子を差した女の水死人……かえ」

「ええ、殺したと思われる奴が、堂々と川っ端(かわぱた)にいて、手を合わせてました」

「どんな奴だった」

「痩せて気味の悪い犬侍でした。刀身二尺六寸ほど。柄の短い大刀を一本ぶち込んでいて」

泡界の顔色が見る見る変っていった。

「ちっと行って来る」

泥鰌の入った魚籠(びく)を三次に押しつけて、泡界は堤の道に走った。

一里弱の川筋道を汗みどろになって駆け抜け、橋番所に飛び込んだ。季節の事とて、早々に検分を終えた死骸が、荷車で運ばれていくところだった。

運搬人に銭を握らせて、泡界は荒筵の端をめくった。腐敗が始っていたが、それはたしかに「赤扇」の八重だった。

泡界は荷車に附き従い、再び両国橋を渡った。無縁の死骸は本所回向院で供養された後、船で堀割を下り埋立地に葬られる。

欠け茶碗や木片の混った合葬墓の穴に、八重はそのまま埋けられた。そこで初めて、泡界は声をあげて泣いた。埋葬役の人足がびっくりして鍬を放り出すほどの大声だった。

しばらくして、泣くのを止めた彼は、長々と経を唱えた。

しかし、その形相は怒りで赤く染っている。

(土田新吉郎、許さん。決して許さん)

「……諸行無常、是生滅法、生滅滅已、寂滅為楽……」

泡界は己れの心を励ますためにのみ、その経を唱えた。

隠れ家に戻ってきたのは、五ツ半(午後九時頃)だ。三次が食事の仕度を終えて待っていた。器用なことに、泥鰌を開きにしてタレまで付けている。

「まず腹ごしらえして下さい」

怒りやつれした泡界の前に、串焼き泥鰌を出した。

「腹ぁ立てて酒ばかり飲んだら身体こわします、兄ィ」

約束通り、三次は、泡界を師匠から兄ィに呼称を換えた。泡界は箸をつかいながら、

「なあ、兄弟。俺は野郎が……」

「野郎とは、土田のことですね」

「二度と、枕も上げられねえほどにしてやるつもりだ。漢学者が言う『完膚（かんぷ）無きまで』ってやつよ」

「しかし、なぜ両国の棒杭なんぞに女を……。あ、誘（おび）き出しですか」

「おそらく俺を、橋本町辺の願人と踏んだのだろう。当分、あそこには近づけねえ」

泡界は傍らの貧乏徳利を取って、茶碗に注ぐ。一気飲みして、

「……土田は、焦っている」

ふっ、と息を吐いた。

「昔馴染みの女を殺して晒すなんぞは、よっぽど心が廃れている証拠よ。何が御家人悪だ。ゲス野郎め」

空になった茶碗の滴（しずく）を切って、三次に渡した。そこになみなみと注ぎ、

「次は葛西家をいじくり始めるだろう」

三次は、ちびりちびりと注がれたものを飲み、

「しかし、戦国の世じゃあるまいし、葛西の娘を無理やり奪うなんて、非道は……」

「そこが将軍御身まわりの者さ。いろんな手が使える」

「はあ」

「柳営の御坊主を知ってるかい。禄は僅かに百五十俵から四十俵の間だが、諸大名を掌裡（たなごころ）に乗せて袖の下を貪る。附け届けといって盆暮の金子は掃き溜めに積もる。これ全て、将軍に何か告げ口されるのを恐れるからだ。将軍様に知恵があって、そんな野郎の話を聞かずとも、御側衆がいる。こいつらと懇意なら、何でも出来る」

徳利の紐に指をかけると、持ち上げて注ぎ口に直接口をつけ、大きくあおった。

「あーあ、俺が水野越前だったらなあ。町民いじめなんぞの前に、まず柳営のダニ退治から始めるのだが」

三次は黙りこくって茶碗酒をなめている。その静かさに、泡界は少し心配になった。

「どうした、兄弟」

「いえね、土田になって、次の一手を考えているんです」

「ほう」

「土田は、葛西家の莫大な家財を、早急に入手したいはずです。権四郎さんの娘には許婚がいる。それをまず除けなければ、話は先に進みません」

泡界は徳利を下に置いた。

「兄弟、冷てえ水を汲んで来てくれ。頭をすきっとさせてえ」

「持って来ます」

三次は跳ねあがって、部屋を走り出た。その背中を見ながら、

「今度は、ちっと遠出になるか。三次にも、手伝ってもらわにゃなあ」

泡界は顎を掻きむしった。

10　世田谷雷雨

葛西権四郎のもとに町飛脚を走らせた泡界は、翌々日の未明、浅草駕籠留(かごとめ)の三枚(早駕籠)を二挺奮発した。

三次と二人して、世田谷へ向う。猫寺で知られた豪徳寺門前、百姓茶屋の通用口にそっと着けさせ、す早く中に入った。

「尾行(つけ)られなかったかえ」

後駕籠(あと)に乗った三次に問うと、黙って首を振った。

往還で三枚を追っかけまわせば、即座に目立つ。いくら土田でも、そこまではやるまいと思うが、用心に越したことはない。

百姓茶屋といいながら、そこは王子あたりの料亭とさして変らなかった。庭に泉水が流れ、宿泊もできる。

ここを指定してきたのは、葛西家の内向きを司どる伝助である。

案内されて小座敷に入れば、あの実直そうな手代が座っていた。

「お待ち申しておりました。なんと、化けましたな」

泡界たちの変装振りをまず褒めた。二人は目立たぬよう、町医師とその従者といった風に作っている。

「へへっ、ここんところ、損料屋ばかり儲けさせておりやすよ」

泡界は夏羽織を脱いで胡座をかき、腰の小脇差も外した。

「ああ、腰が重くてしょうがが無え」

「おや、本身で」

伝助は驚く。医者は普通、木刀でそれらしく装うが、泡界の脇差には身が入っていた。

「一度、麻布で奴らに襲われてやす。用心に越したこと無ぇ」

泡界は恥かしそうに笑った。三次が羽織と小脇差を片付けた。

「それで、弥助さんの御様子は、いかがです」

と、問う。伝助は白髪頭を振って、

「今のところ何の変りもございません。この季節のことで連日、代官所通いでございます」

弥助の家は庄屋に準ずる家柄だから、夏の耕作期には御代官から呼び出されることが多いという。

「算盤が巧みでおだやか一筋の御人柄。世田谷郷の評判も悪くはございません」

世田谷郷は、後北条氏以前、関東管領からこの地を賜わった名族吉良家の旧領二十数ヶ村を指す。

世田谷村は、その郷内にあり、大名家飛地領や旗本領が錯綜している。

弥助のいる豪徳寺も、彦根の井伊家が江戸藩邸の台所を賄う、いわゆる「お賄い領」だ。

「いくら土田が悪党だからと言って徳川四天王、井伊様の御代官所で弥助どんを襲いますまいが、その行き帰りは危うい」

と言う泡界へ、伝助は心配そうに尋ねる。

「本当に土田一党は、弥助さんを狙いましょうか」

「まず間違いござんせん」

泡界は断言した。

「野郎は存外気が小せえようだ。ちっと近辺を嗅ぎまわっただけで斬りつけてくる。昔女を口封じにかけやがる。き奴が焦りやがる理由は、もうひとつ」

「何があります」

「昨今の御改革とやらでやんすよ。水野越前は厳格な奴だから、追い追い諸役人の規律粛正にも手をつけましょう。三佞人を、ぱつーんと切っちまった程の奴だから、将軍お気に入りだって行く末どうなるか、わかったもんじゃねえ。だから、お声掛りの看板がきくうちに、葛西家へ縁付いちまおうって腹だ」

泡界は、ぴしゃりと脛を叩いた。やはり、このあたりは蚊が多い。

「夏過ぎれば、世の中もっときつくなる。ここひと月ほどが勝負時と、野郎も見てるでンしょう」

失礼いたします、と廊下で声がした。茶屋の手伝い女が、蚊(かや)遣りを持って来た。部屋の端にそれを置いた時、庭の向うで遠雷が轟いた。

「膳を運んでおくれ」

伝助は、そう命じて、泡界に笑いかけた。

「世田谷も、この時期、蚊が名物。早々に蚊帳も吊りましょう」

「蚊帳の中での一杯たぁ、風流だ」

泡界は喜んだが、三次は物憂気(ものうげ)に庭の向うを眺め続けた。

と、その時、ぴかりとあたりが輝いて、近くに雷が落ちた。

離れの客だろう。女の悲鳴が聞こえた。雨粒が庭石を濡らし始めた。

塙巳之助は昼過ぎに、赤坂の町を出た。

連れは二人いる。いずれも土田が付けてくれた黒鍬者だが、新顔というのが気に食わないのか、大山街道を歩きながらふてくされたように彼は言った。

「おれは仕事に小細工(こざいく)をしねえ。こういうのは勢いだ」

しかし、と言葉を継いだ。

「これでなかなか、気をつかってるところもあるんだぜ」

「どんなところでやす」

新顔の一人が尋ねた。こいつは裏仕事に少々心得があるらしく、釣り竿袋に手槍を入れている。

「お日和(ひより)を味方につけるのよ。雨、霧、目も開けていられねえような空(から)っ風(かぜ)の中で殺る。あれを」

と、西の空を指差した。鉛色の雲が広がっている。

「のんのんずいずいと、雷さまも鳴り始めた。向うに着いた頃は、頃合いのお天気になってるぜ」

連れの二人は、途端に嫌な顔をした。芝居の修羅場でもあるまいし、ずぶ濡れになっての、殺人(しごと)は嫌なものだ。

「(刀の)柄(つか)には油紙をかけとけよ。柄巻が滑ったら不覚をとる。腹も八分目だ。水はあまり飲むな」

いちいち注文をつけていく。その煩わしさに、二人は巳之助から僅かに距離をとって歩き始めた。

この男にしては常に無い饒舌振りであったが、それも彼の心の迷いから来ている。

この時すでに巳之助は、土田新吉郎に嫌気がさし始めていた。

（新の野郎、俺を側用人にするとぬかしやがった）

たしかに大樹（現将軍）のお気に入りにまで出世したのは本人の才覚だが、それを裏で支え続けたのはこの俺ではないか。

（野郎とはガキの頃から対等だった。それが、手間ァ払う時の、あの態度は何だ。まるで物乞いに銭投げるの見たようだ）

さらに、心に引っ掛るのは、八重の死に様だ。同じ赤坂の貧乏御家人に生まれて幼な馴染み。食傷町の女に落ちた後は一、二度抱いたこともある。

金ずくで人を殺める稼業でも、これほど後味の悪い仕事は初めてだった。

「ああ、くさくさするぜ」

「えっ、草がどうしやした」

後を歩いていた一人が、返事をした。心の内が思わず口を突いて出たことに、巳之助は動揺し、路傍の石を蹴った。

世田谷郷、庚申の辻まで来た時、ぽつりぽつりと来始めた。

（ちきしょう）

いくら悪天候が味方と言っても、仕事前に濡れるのは、巳之助とて嫌だ。ちょうど、辻に面して茶店があった。場所柄、草鞋（わらじ）や笠も商っている。

「あそこで、笠ァ仕入れて来い」

巳之助は手下に命じた。しばらくして、そ奴はふくれっ面で出てくる。

「茶店の爺ィ。こんなもんで、ひとつ七十文もふんだくりやがった」

筍皮を張った笠を三つ下げている。「ばっちょ」と呼ばれる下手（げて）な百姓笠だ。

「足元見やがって」

「大事の前だ、我慢しろィ」

巳之助は、そのひとつを取って手早く被った。

相模、甲府の両往還の交わるあたりで三人は道を外し、松林の中に入った。巳之助には土地勘がある。

黒鍬組は軍事訓練を兼ねて、時折街道筋の普請にも駆り出される。特に豪徳寺付近は、かつての城下町だから何度も通わされた。

「この先に、な。千年家（や）という馬鹿でっけえ百姓屋敷がある。そこは波平（なみひら）と言ってな。これから殺る奴の実家よ」

弥助の家は、後北条被官の頃は野沢という姓だったが、ある時、調布の深大寺に家伝来の太刀波平行安（ゆきやす）一振を奉納し、その姓に変えたという。

「あそこだ」

木々の間から、巨大な草葺きの屋根がのぞいている。千年は大げさだが、ざっと二百年は経つ古い家だ。

巳之助は笠の顎紐をほどいた。雨粒が顔に当るが気にしない。

耳を澄ませば、雨戸を閉ざす音が聞こえてくる。それが絶えると、軒先に灯がともった。

旧家では家人の帰宅前に、玄関先へ提灯を出す習わしがある。

「しめこのウサギだ。弥助は代官所から戻っちゃいねえ」

巳之助は笠を捨てた。手下二人も、嫌々ながら笠を捨てる。

稲妻が走り、雷鳴が轟いた。巳之助はうずうずと笑った。家に通じる一本道に、人影がふたつ見えた。

一人は白傘をさし、もう一人は蓑笠を着けて雨覆い付きの挟み箱を担いでいる。

「俺は、あの傘の奴を殺る。お前らは通せん坊しろ」

白傘の主が恐らく弥助だろう。雨が一段と激しくなった。

巳之助は刀の鯉口を切ると、路上に走り出た。手下二人はその背後で道をふさぐ。

「波平の弥助さんだね」

「いいえ」

傘の内にいる人物が返事をした。

「いゝや、弥助さんに違げえねえ」

相手は嫌々をするように白傘を横に振った。その時、巳之助は、相手が女物の下駄を履いていることに気づいた。

妙だなと思ったが、そのまま刀を抜き、傘の天辺からざっ、と斬り下げた。

悲鳴があがると見たが、相手は無言だ。切り裂かれた傘が左右に離れると、そこにいるのは女。崩れかかった女髷に、雨が勢い良く当っている。

「巳之さん、その節はどうも」

女がか細い声で言った。濡れ髪が、腫れた頬のあたりにこびり付いている。

「げっ、おめえは八重」

巳之助の声が裏返った。

「おのれ、迷いやがったか」

動揺した巳之助は、八重の真っ向うから刀を打ち込んだ。

しかし、物打ちに手答えがない。もう一度踏み込んで横に払った。これも空しく宙を切る。

自分の刀術が無力と知って、巳之助はもう、完全に我を忘れた。

「くそ、くそ」

と叫びながら、刀を振りまわす。

背後で道をふさいでいた手下二人は、呆然とした。

巳之助が雨中、誰もいないところへ斬りつけているからだ。止めようにも危くて近付けない。

気がつくと、挟箱を担いだ従者の姿が消えている。

二人は後ずさりして逃げようとした。悩乱した巳之助はこ奴らにも斬りつける。

「いいかげんにしやがれ」

手槍を持った一人が、その柄を横に払った。三角穂の先が、巳之助の着物の裾を切り裂いた。

同時に巳之助の切っ先が、槍の柄を滑り、持ち手の手元に食い込んだ。

「野郎、狂いやがって」

もう一人が手槍の男に加勢する。凄惨な同士討ちが始った。

ずぶ濡れになって戦う三人の罵声怒号は、たちまち千年家にも伝わった。

手に手に棒や梯子を持った百姓らが、駆けつけて来る。森の向うでは半鐘も鳴り始めた。

その音でようやく三人は我に返ったが、時すでに遅し。狭い畔道で梯子に囲まれ、棒で散々に叩かれて、皆取り押さえられてしまった。多勢に無勢である。

「世田谷の百姓は荒っぽいねえ」

畔道の斜面から這い上って来たのは、泡界と三次だ。この二人もずぶ濡れである。

「兄弟、嫌な役させちまった」

泡界の言葉に三次は苦笑いする。彼は崩れた髢（かもじ）に女物の襦袢を羽織っていた。

「しかし、あの人斬りが怨霊に弱いと、よくぞ見抜いた」

「存外に信心深い奴のようです。両国では、殺した女のところに、柘榴投げ込んで念仏を唱えてました」

「それで、この謀りごとを思いついたかい」

縄でぐるぐる巻きにされた巳之助以下三人は、泡界たちの前を引きずられていく。

傘をさした伝助がこちらに走り寄った。

「風呂をたてております。どうぞ、濡れたお着物もお召し替えになって」

泡界は、風呂と聞いてほっとした。

「あの三人、どうなりましょう」

「御代官所の牢に入れて、御支配方に引き渡しとなります。土田の旧悪もそこで、白日のもとに晒されましょう」

「そう、うまく行きますかねえ」

泡界は伝助に向って片頬を曲げた。

「生きた証拠ほどたしかなものはございますまい」

伝助は、千年家の方を指差した。

「ほれ、弥助さんも御安心の御様子」

屋敷林の前に、傘をさした人物が立っている。表情まではうかがえないが、深々と頭を下げる動きは見えた。

また雷が鳴った。泡界は、濡れた袖口を絞り、それから大きな嚔（くしゃみ）をひとつくれた。


同じ頃、江戸城御用所（厠）の中でも、大きな嚔をした者がいる。

将軍家慶であった。御用所は中奥の御座の間と御休息所に挟まれた庭の際（きわ）にある。

その日、家慶は多忙だった。月に何度もある忌日（いみび）のため、食事は精進、食欲が全く湧かない。

そのうえ老中や若年寄から上って来る書類が通常の三倍近くもあった。

疲労で気が滅入り、厠で用を足す時間だけが、家慶にとって心やすまるひとときだった。

その気の緩みが大きな嚔となったのだが、案の定それは騒ぎを生んだ。

御次（おつぎ）の間に控えた小姓が、ただちに「御異変」を奥医師の詰所に伝えた。詰めている内科医と鍼医（はり）のうち、手練れの者どもが薬箱を抱えて、御休息所に走る。

無理やり横にさせられた家慶は、奥医師たちの御拝診を受けた。その方法もひどく大げさなものだ。左右から二人の医師が脈を取り、また別の医師が同じ事をする。それから二人の医師が舌を診て、六人の医師は別室に籠る。御匙役（主治医）が、それぞれの見立てを聞いて、診断結果を御用御側取次の者に報告。これが老中や、若年寄のもとに届けられるのである。

（噓ひとつで、これだ）

家慶も、この因循姑息振りに腹が立つが、それも地位の表われと我慢した。

診察を受けている間は、公務も停止する。しかし、幸いこの間、小姓衆と雑談を交すことが出来る。

「肥前よ、近頃何ぞおもしろい話は無きか」

団扇で風を送りながら、柴田肥前は待ってましたとばかり、語り出した。

「さればでございます」

小姓と言っても、柴田はすでに三十代。禄高五百石、小姓頭である。市井の噂を集める達人で、奥向きの御坊主たちも、この男を「御耳役」と呼び、密かに怖れていた。

「……今年の川開きは中止と布令が出まして、下々の者は、困惑いたします由」

「隅田の川遊び船が止まったぐらいで、何の困り様か」

家慶は先代より聡明との評判だったが、やはりそこは将軍様である。柴田は小声になった。

「川遊びは、屋形船のみにて遊ぶにあらず。この季節、通常ならば、岸辺には夕涼みと称して人が集い、西瓜売り、玩具売り、船先の見世物、さらには水上に花火も打ち上ります。これらは、一人一人の払う銭は僅かでありますが、全て合わせれば一日数千両の金子が動くのでございます」

柴田はずいぶん下世話な話をした。家慶は感心して、

「さほどに人手があるとは、のう」

「今より三年ほど前になりましょうか。御先代文恭院様（家斉）、さる御方のお勧めにて、その賑いを御覧になられましたことも」

「ああ、思い出した。御忍びの御船出しであったそうな」

さる御方とは、家斉の愛妾お美代の方である。この女性も水野越前に睨まれて、今は江戸城二ノ丸の専行院に幽閉の身という。

「隅田の川岸は、さぞ見ものであったろうなあ」

「私めも小姓組百人の内より選抜され、御衛役として御船方の三番船に乗りましてございます。瓶のぞきの単衣を尻からげして、屋形船の屋根に上り、そればかりか、小納戸取締り土屋様は素肌に白の晒し。船頭の御仮装にて船を操りました。その見事な竿の扱いは……」

柴田は少し声を落とした。土屋志摩守も、この四月半ば、御側衆五島伊賀守とともにその地位を追われている。

「楽し気よなあ」

家慶は起き上った。御匙役が薬湯を捧げて入って来る。薄苦いそれを、ゆっくりと飲み干して、彼は言った。

「今宵は奥の泊りにいたす」

「心得ました」

将軍が突然に大奥を訪れるということは、まず無い。お迎えの用意だけでも大変な手間を要

するからだ。

「お筆（ふで）に伝えよ」

「承知つかまつりました」

家慶はこのところ、お筆、お金（きん）の二人を指名することが多い。

将軍は、僅かに気力が戻るのを感じた。それは多分に薬湯のせいであったが、別の思いもある。

（川遊びか）

家慶は何か考える風であった。


翌日の昼、遠山左衛門尉が、城中で弁当をつかっていると、御坊主が部屋先に座った。

「御老中部屋にて御用の由にございます」

遠山は食べかけの行厨（こうちゅう）（弁当箱）に蓋をして、御坊主の後に従った。

案内されたところは、やはり老中部屋ではなく、あの控えの間だ。

「此度は何事で」

「困ったことが出来（しゅったい）した」

水野越前守は、投げ捨てるような口調で言った。

「来月は北町の月番であったな」

「左様にございます」

またとんでもない御禁礼を出すつもりかと遠山が身構えたが、その気配をす早く察した水野は、扇子の先で彼を差し招く。

「事は市井の件なれど、上様に関わりある」

「はっ」

遠山は膝ひとつ分、前ににじらせた。水野はしばし時を置いて、語り始めた。

「過日、上様は大奥にて、お筆の方様と御酒宴あそばされた。その方も知っての通り、上様は近頃、御酒を過されることが多い」

家慶は先代家斉のように、女に迷う癖はなかったが（それでも側室は十五人、御手付きは六人ほどいた）、酒癖の方は父よりも悪い。

「また、乱舞の真似事でもなされましたか」

乱舞は、能の仕舞を言う。家慶は酔うと御刀を抜いて舞うことがあった。御次（膳に侍る奥女中）が止めに入って手疵を負う事も一、二度に止まらない。

「剣の舞いなど、此度の事に比べると」

「はて」

「上様、お筆の方と久々の御笑談。あれからこれへ話が弾み……」

「はあ、話が弾まれて」

「隅田の川遊びに話が及び、お忍びでの川船御出座に定まった。昨日、お筆の方様付中臈より申し伝えがあった。お筆の方、大いに楽しみとのことである」

「それは困りましたな」

遠山も眉をひそめた。御倹約を民に科しておいてその為政者の頂点たる将軍家が、贅沢な川船遊びをしては、その聞こえもいかがであろう。

「御諫止申しあげるべし」

遠山は即座に答えた。が、水野は首を振る。

「そう簡単に申されぬ。事は、大奥にも関わる。例の、感応寺と中山智泉院、日啓と大奥女中処分の問題もある。阿部はお筆の方を味方につけて、ようよう奥女中らの処分に成功したが、未だ混乱の火種はくすぶり続けている」

後に老中まで昇りつめる寺社奉行阿部正弘はこの時、弱冠二十二歳。家慶の御世継ぎを生んで権勢著しいお筆の方は、阿部と二人して大奥の改革を行なっていた。

「今、お筆の方の機嫌を損じるは、まずい。そこで知恵者のお手前に相談しておる」

水野の言葉に、遠山は沈黙した。杉戸越しに低く虫の音が聞こえてくる。今年は長雨のせいが蟬の泣き始めが遅い。

「左様なれば仕方ございませんな」

遠山はうなずいた。

「上様の我が儘を許すか」

苦い顔をする水野に、遠山は言った。

「聞くところによれば上様、近頃御気鬱とか。船遊びなどいたさば、ずいぶん心も晴れましょう。今年は隅田川、船止めなれば御座船も滞り無く行き来出来ます。いや、豪華な御座船を出すのは民の反感も買いましょう。お忍びとて下々の用いる屋形船。そうですな、川遊びと申すゆえ聞こえも悪い。これを、御側衆、御徒士の水練御検視の体にいたせば、いかがかと」

遠山のよどみない発言に、水野は驚いたがいちいちうなずいた。

「なるほど武技の御上覧なれば、理由はつく」

「かような一件に御船手奉行を煩わせるのも、面倒至極。誰ぞ、御側衆の中で才覚ある者に、下々の用いる船を用意させては」

「うむ、しかし誰を」

「それこそ、御側衆の内にて相談あって決めれば、良きかと」

遠山の言葉は、要するに知恵者の責任逃れであった。これが後々彼を困らせることになる。


秋山長八郎は、四ツ刻に颯爽と奉行所の門を潜った。

ここのところ、彼の仕事振りは際立っていた。遠山の内命を受け、奉行所出入り人の悪事摘発に力を入れた結果、僅か半月で二十人近い悪徳目明しの検束に成功している。

中でも手際の良さを見せたのは、富沢町一帯で十手風を吹かせる、板場の亥ノ吉一家に縄をかけた一件だろう。

存外に芝居っ気のある長八郎は、越後から来た山出しの米搗き人に化けて、その賭場に潜り込んだ。

亥ノ吉も奉行所出入り人だから、北町の名物同心秋山を知っている。が、まさかその武骨な男が髷を乱し、無精髭を生やして鉄火場にやって来るとは想像だにしない。

長八郎は、手先の与助と二人して盆を引っくり返し、駒札を散らして亥ノ吉以下数人の下っ引きどもに縄をかけた。

町民は、その働きに驚き、引き立てられていく亥ノ吉たちに罵声を浴せた。

中でも非度い目に合ったのは、下っ引きの蒲鉾政だ。奢侈禁止令を口実に、衣類を剝ぎ続けたこの男には、女たちの礫が飛んだ。

奉行所内でも長八郎の評判は高まる。三廻り同心の集いでは、彼の発言に耳を傾ける者が増えた。あの口うるさい水島金十郎さえも、

「これこれの一件について、秋山氏の意見は如何ようなものか」

と尋ねてくる。

それとは反対に、長八郎へ公然と嫉妬心を見せる輩もいた。隠密廻りのお株を奪われた小野田正二郎などは、長八郎の出勤時を見計らっては奉行所玄関先に現われ、

「御用繁多とは、うらやましい」

嫌味がましい言葉を投げつける。

「聞きましたよ、秋山さん」

「何をだ」

「近頃、坂本町の売れっ妓を八丁堀にお囲いなさったとのこと。英雄色を好むとは、これですな」

「女から諸芸を習っている。これも御役目のためだ」

「それだけではござんせんでしょう」

小野田は、小狡い目差しで長八郎の顔を見上げた。

「鼻の頭に面皰が出来てますぜ。それは閨房のお盛んなるお印」

「別に隠すこともあるまい。俺ぁやもめだ」

「ですが、上への聞こえもいかがでしょう」

「せいぜい言い触らすが良いや」

長八郎は、ぷいと去った。たちまち各部屋の与力同心たちに女を囲った話は広がったが、意外や悪く言う者が少ない。

「秋山も、固いばかりの男ではなかったか」

「駒菊を囲い者にするとは、存外にやる」

という評判。このあたりは、粋で固めた八丁堀の、面目躍如といった風に受け取られた。

為朝の湯の番台でも、親父の愛想が急によくなった。

「秋山さん、一段と男前があがりなすった」

柄にもないおべんちゃらを口にする。

「たまには二階のお千代坊にも、かまってやっておくんなさい」

「そうしてみるか」

とんとんと階段を上って、千代に声をかけた。

「出花を一杯おくれな」

千代は、その朝初めての茶を長八郎に立てた。

「おめえに因縁つけてた蒲鉾政は、捕まえたぜ。今頃は小伝馬町送りだ」

「そうですか」

千代は気の無い返事をする。長八郎は拍子抜けした。

（もっと喜べよ）

小伝馬町の仮牢は、私刑の横行する地獄だ。特に岡っ引きの類が入牢すると、きめ板叩き、汁留め（塩分抜き）、もっそう飯と称して糞尿を食わせる。御白洲へ引き出される前に、その大方は「病死」する……という話をしようとしたが、流石にそれは止めた。

「お千代坊」

初出しの茶を啜りながら長八郎は言う。

「おめえ、杉ノ森稲荷で助けてもらった寺小姓のことを、まだ思っているのかえ」

千代は傾いたが、その耳たぶは見る見る染ってゆく。

「俺がそいつを探してやろうか」

長八郎は、ついそんな事を言ってみた。

「本当」

千代の顔が、ぱっと明るくなった。

「俺は北町の秋山長八郎だぜ。人探しが本業だ」

「うれしい」

と千代は長八郎に頰をすり寄せる。

「よ、よせよ。まだ髭を剃っちゃいねえのだ」

まるで犬の子だな、と彼はくすぐったそうに身をよじる。しかし、その「寺小姓」に対する嫉妬心と、その奴の捜索を申し出た己れの愚かさに、少し腹が立った。

「捨てる神有りゃ、拾う神有りだぜ」

土田新吉郎は、帰城する駕籠の中でつぶやいた。

この日の午後、中奥庭先に控えていた彼の前に、柴田肥前守が立った。階（きざはし）に土田を招き寄せて、

「御内意である。慎（つつし）んで承るように」

何事か、と耳を傾けると、将軍家お忍びの御出座に関わる一件であった。

「上様お身まわりお世話衆で、汝ほど世情に長（た）けた者はない。よって、この役を推奨しておいた。明日にも正式の御沙汰があろう」

柴田は小声で伝えた。その内容を聞いて、土田は驚く。

「お忍びで屋形船を」

「しっ」

小姓頭は土田を制し、それからにっと笑ったものだ。

（御耳役は、やはり使える。日頃から鼻薬を嗅（か）がせておいて、よかったぜ）

土田は思う。柴田には、これまで五百両近い賄賂（まいない）を贈っている。

「汝が葛西家に入り、下與（しもよ）四郎（しろう）の名跡を継ぐことは聞いている。すでに隅田を上下する船の知識も有ろう。ゆえに、この役を委（ゆだ）ねる事とした」

柴田は、また笑った。お忍びとはいえ、この一件にも相応の金子が動く。その何割かを寄こせと言うのだろう。

今日は早く帰って、計画を練らねばなるまい。そう考えた土田は、駕籠の戸を叩いた。

「おい、刻みで行け」

伴の半侍一人、粗末な網代駕籠の早足は滑稽なものだが、彼は良い気分だった。

帰宅すると、手下の黒鍬者が一人待っている。

塙巳之助が一向に「復命」しない事へ腹を立てた土田は、未明に世田谷村へ様子見に行かせた。その報告である。

黒鍬者は報告する。

「昨日夕刻、豪徳寺で村捕物があり、不逞の者三人が召し捕られたとか」

「巳の字も焼きがまわったか」

「その者ら、いずれも百姓どもに打たれた疵がもとで、牢内で絶命した由」

友人の死に、土田はさして顔色も変えない。それよりも、巳之助が秘密をあの世まで持っていったことに安堵した。

「俺は明日非番だが、仲間を全部集めてくれ。一世一代の大仕事になるやも知れねえ」

「大仕事……、湯島の岡場所でも襲いやすか」

「馬鹿野郎、堅気の仕事よ」

土田は薄い唇を嘗めた。

「川筋の仕事だ。おめえらも、ちょっとした御大尽になれるてぇ話をしてやる」

「うへえ」

黒鍬者は、喜んで走り出た。

久しぶりに泡界は、浅草堀田原の修紫楼を訪ねた。柳亭種彦こと高屋彦四郎は、仕事場で執筆に余念がない。

十三年前から続いている『修紫田舎源氏』は三十九編を数えるが、話は未だ佳境に至らず、本屋、読者をやきもきさせていた。そのうえに、この夏からは、春本にまで手を染めている。

泡界が階段を上ると、文机のまわりは書き損じた反古紙の山だった。

「旦那、これが亀戸門前岡場所の細見で」

懐ろから紙の束を取り出した。

「待っていたよ」

多忙な種彦は遊里に出かける暇など無い。代りに泡界が色街の探索録を作っては作家に売りつける。その金を彫り師、版木屋の手間賃にまわす。

種彦はさらさらと内容を確めて、文机の引き出しから金子の包みを取り出した。

「いつもながら良い仕事だね。また頼む」

「御贔屓ありがたし」

「ところで泥亀坊さん。色里以外におもしろい話は無いかね」

「ございますとも」

これも御報謝のひとつと、泡界は語り出す。

「近頃は御家人悪も極まっておりましてね。江戸城中で、人の口に茶を流し込む御坊主悪が蔓延るかと思えば、その茶のカスを下の方で受けては威張る馬鹿もいるといった塩梅で」

「それは土田某の事かい」

種彦は、笑った。

「……私も、安御家人の端っくれだから、そういう話も耳に入ってくる」

「詳しくは申せませんが、近頃その土田めが下肥の利権を巡って、荒っぽいことをいたしますようで」

葛西権四郎の名は伏せ、それまでの経過を泡界は語った。

種彦は初め眉を寄せて聞いていたが、ついに爆笑した。

「わはは、おもしろい。おもしろいね、泥亀坊さん。しかし、この話は使えない」

「なぜです」

「私ゃ、源氏を題材に書いている。男女の下半身（しも）は描いても、下から垂れ流す話は御免だよ。尾籠にも程がある」

「左様で」

「でもね。今、ちょっと気になることを思い出した。つい昨日の事だが」

種彦は、秀佳（しゅうけい）（役者坂東三津五郎）そっくりと噂の顔を、泡界に向けた。

「上野不忍（しのばず）の幽源楼（ゆうげんろう）で、書画会があったと思いなせえ」

芝居口調で言う。書画会は好事家や画人、文人が料亭を借りきって、収集品の交換をする集いだ。

「野暮（やぼ）な奢侈御禁令で、会もこれが最後と大勢の好き者が集まった。そこで懇意にしていた船宿の主人と久しぶりに語り合ってね」

この時、奇妙な話を耳にした、という。

「その御仁は、仕事柄とて屋形船や借船の手配もする。今年は川開き停止（ちょうじ）で、店仕舞いも覚悟していたが、なぜか船の借り手がついた。それも一隻二隻ではない。屋形船から屋根船（板を葺いただけの小型船）、水菓子売りの船まで十数隻の注文というから豪気な事だ」

「奇妙ですねえ、この御時世に。老中嫌いの仙台侯（伊達家）か水戸様が、御禁令反対でわざと川遊びされるのでは」

「私も最初はそう思ったさ。しかし、船の注文に入れ代り立ち代り現われる奴が、安御家人風だ。中に千本杭のあたりで普請をやっている黒鍬者もいたという。少しおかしい、とそ奴に尋ねると、簡単に吐いた。朝夕人の土田が、何用かあって船を大傭いするというのさ」

「そいつは……」

「船宿の主人は、薄っ気味悪く思ったが、今さら注文を断わるわけにもいかない。しかも、金は前払い。その金というのがまた……」

種彦は、低い声で語った。

「……新吹き（あらぶき）の天保小判だ。包みには金座（きんざ）後藤の真新しい書き判がついていたとさ」

「あっ、それは柳営のお手元金」

「間違いございません。将軍家お忍びの船遊びでげしょう」

泡界は以前、白髭明神の御神前に上ったそれを見物したことがあった。

「私もそう思う」

危いと思ったのだろう。種彦はそこで話を終えると、手を叩いた。

下男の老人が階段を上ってくる。盆には甘酒が載っていた。

「乳熊（ちくま）の甘酒だよ。暑気払いには、これがいい」

種彦は泡界に勧め、自分でも熱ち熱ちと言いつつそれを綴った。どうもこの先生は、猫舌らしい。

泡界は舌が厚い。その熱いところをぐっと飲み干して、一礼した。

「急に思い立ったことが出来やした。これにて失礼させていただきやす」

「ふふふ、何を企みなさったか知らないが、ちっと期待しますよ」

種彦は泡界の袖口に、寸志の金包みをそっと投げ入れて額の汗を拭った。

11　出合い茶屋

泡界は、竹町で「都鳥」を傭った。葛西へ上る安手の川船である。

「近頃は、都鳥を見て一句読もうなんて御仁は、いなくなりやして」

船頭は、ぼやくように言う。

「けんど、今日はあわや船が少なくて結構なこって」

「何でえ、そのあわやってのは」

櫓を漕ぎながら、船頭は水草の間を行く小船に顎をしゃくった。

「あれでやんすよ」

「葛西船じゃねえか」

「あの糞船どもは、こっちの客が遊船と知ると、時々嫌がらせしやす。舳先をこするまで近づいて来て、あわやぶつかるという危ういことやって人を驚かす。だからあわや船で」

「そいつはおっかねえ。臭いだけでも大変だろう」

「ええ、けんど、今日は安心だ。糞船の行き来が少ねえ」

「なぜかね」

「何でも、差配の葛西家でそーれん出してるそうでやす」

そーれんとは、葬式のことだ。泡界は嫌な予感がした。

「船頭さん、割り増しはずむから、船足を早めてくんねえ」

と注文する。半刻ばかりで旧下総（しもうさ）の葛西領に入った。中川の湿地帯には葛西船、菜船、小荷駄船が雑然と停っている。

森の向うに寺があり、その門前も船着場だ。

「船頭さん、あのあたりに着けてくんな」

ちょうど、葬式に出た人々が帰るところらしく、門前は混雑していた。江戸狂歌集にある、

「田船干す葛西の寺の玄関前」

という句そのままの景色だ。泡界がその門前に舟を寄せると、ちょうど紋付袴姿の葛西権四郎と行き合った。

「おお、泥亀坊さん」

「旦那、これはどなたの御葬儀で」

権四郎は人払いして、泡界を寺の階に案内した。

「当家の家宰（かさい）、伝助が死にました。その葬式を今出したところです」

「えっ」

数日前、世田谷村で言葉を交したばかりではないか。

「明け方、水辺に浮いておりました。恐らく殺されたのでしょう」

権四郎の話に、しばし泡界は、目をしばばたたかせるしかない。ようやく、

「土田がやったに相違無し」

と言うと、葛西領の実力者もうなずいた。

「これは世田谷村の報復でしょうな」

権四郎は、袴が汚れるのもかまわず、階に腰を降した。目の前の堀割を眺めながら涙ぐみ、

「……伝助を今失うことは、当家としても大きな痛手。油断いたしました」

「お察し申しやす」

この間も、葬儀に参列した人々が、権四郎に頭を下げて寺を出ていく。羽織袴の者もいれば、頬っ被りに袖無し、肥汲み姿が混っているのも土地柄だろう。

「伝助どんは、皆に慕われておりました」

「そうでヶしょう。世田谷村でも、ずいぶん評判が良うござんした」

「伝助も世田谷波平の血を継ぐ者でしたから」

「えっ」

権四郎の言葉に、泡界は再び驚く。

「ああ、本人から聞いておりませなんだか。伝助は若い頃、本家の養女と不義理をいたしましてね。北条遺臣団の伝手を頼り、先代権四郎のもとに入って、当家手代となった者でございま

す」

「すると……」

「ええ、村の弥助どんは、伝助の実子でございますよ」

「この事、弥助どんには」

「話しておりません。薄々は感じているのでしょうが」

権四郎は腰をあげて、袴の折目を整した。彼方の水路を参列者の船が下って行く。中の一隻に彼は手を振った。

胴ノ間から頭を下げる若者が見えた。それが弥助とすぐにわかった。

(俺はいつも、あいつを遠くからしか見たことが無えや)

「権四郎旦那……」

泡界は、改まった口調になった。

「俺が葛西(ここ)に来たわけは、他でも無え。土田新吉郎に、二度と立ち直れねえような、痛え目をあわせる手技を思いついたからで」

「なんと」

「高屋彦四郎旦那から、妙な話を聞きやしてね。そこで、ちっとお企み」

「御得意の御法度刷りで、土田を」

「いえ、ゝな生(うめ)やさしいもんじゃございません」

泡界は、呻くように、

「これは権四郎旦那の、手を借りなきゃできねえ仕掛けでござんす。伝助どんの……」

仇討ちにもなりましょうと言うと、権四郎は一瞬両眼に鋭い光を輝かせた。

「まずは、あちらで話を聞きましょう」

先に立って葛西寺の本堂に上った。


遠山左衛門尉は、七ツ半（午前五時頃）朝風呂に入った。

その後、髷を結い仏間で手を合わせた。六ツ（午前六時頃）には、棟続きの奉行所へ出る。内与力の遠藤へその日の予定を尋ね、六ツ半（午前七時頃）に行列を仕立て評定所に向う。

連日、秒を争う忙しさであった。

「江ノ島詣での朝立ちじゃあるまいに、七ツ半は辛れえな」

遠山は、一人ぼやくことがある。近頃、眠りが浅く朝は辛い。

その疲れのもとは、例の将軍家「御遊船」の一件だ。

「越前侯も大変だぜ」

奔放を極めた大御所家斉が死に、西ノ丸勢力を一掃して、いよいよ本格的な御改革に乗り出した矢先、息子の将軍がその足元を引っくり返すような事をやろうとしている。

「しかし、僅か一日のことだ。うまくやるだろうさ」

遠山は風呂から出る時、お側役に餅を二枚焼くよう命じた。

評定所では、老中や各奉行の前で飯を食べねばならない。しかも、その飯なるものが驚くほどまずいのだ。

笊に入れた生米を湯の中で煮て釜に移し、芯を無くした「蒸飯」である。大名たちは生まれつき米とはそういうものだ、と思って食べているが町屋暮しの長い遠山には、初めとても喉を通らぬしろものだった。

（せっかくの飯を、わざとぱさぱさにしやがって）

これはお賄い方が悪いのではない。東照大権現江戸御打入り以来の仕来りなのである。

遠山は髷を結わせながら餅を食い、仏間からただちに用部屋へ出た。待っていた遠藤直三郎に、

「出役（でやく）の人選は出来たかえ」

せわしなく問うた。

「こちらに」

遠藤は、薄い紙綴じを差し出した。表題には『隅田川御成当日見廻りならびに人払い出役』とある。

奉行所の出役は将軍家の寺社御参詣から評定所お伴、捕物出役まで二十七項目もある。全ての与力同心は指名を受けると、担当の業務を止めてこれに従わねばならない。

「して、将軍家御成り日は、定まりましたか」

「日取りから見て、六月中だろうぜ。浅草の四万六千日、盂蘭盆会（うらぼんえ）は避けるべきだろうし……、なんとも頭の痛てえことだ」

遠山は紙綴じを懐ろに挟んで評定所に向った。

この日、遠山は初めて南町奉行の矢部駿河守定謙（さだのり）と、親しく言葉を交した。

矢部の奉行就任は、この四月二十八日であった。遠山は己れより十歳近く年上の、この男が

あまり好きではない。

世に硬骨の人と評判高い矢部だが、彼の見るところ、存外な野心家であった。

十三年前、火付盗賊改役だった時は、密偵を駆使して身内を多く捕えた。賄賂によって御勘定奉行にのし上りながら、天保九年（一八三八）江戸城西ノ丸が焼け、前将軍が豪華な御殿を再建しようとした時は、一人諫言して左遷された。善人か悪人か、判断に苦しむ人物である。

「例の上様御忍び御成の事」

朝食の席で、矢部はそっと遠山に尋ねた。

「……出役の人数、決りましたかな」

「見廻り人払いの人選は相い済み申した」

遠山も小声で答える。

「与力四人、同心八人。町方はこの数なれど、御道筋の内々御警衛は慣例通り伊賀組と根来同心二百余が出ます」

「我らも十二人出役ですな。川筋においては何処に」

「北町より本所方与力及び年番方を出役させます」

遠山はよどみなく答えた。本所方は本来、本所と深川近辺の諸事を監督し、洪水の際は早船を出して人命を救助する役だ。年番方は全ての出役を差配する。

「奇妙でありますな。この件に向井将監家は関わり持ちませぬか」

向井家は幕府御船手奉行だが、此度は蚊帳の外であった。

「これは御忍びゆえ、御座船を用いませず」

遠山の言葉に、矢部は呆れたように、

「御忍び、御忍びと。これは大奥の近臣のみで話がまわされておるような」

「矢部殿にも正式に話がまわりますが」

遠山は、その話を口にするのも汚わしい、と言った風に、扇子を口へ当てた。

「この一件、営中の土田なる者が一切を取り仕切っておりますようで」

「とかくの噂がある、上様お気に入りの公人朝夕人ですな」

矢部も唇をゆがめた。

「御同情申しあげる。月番へ当ったばかりに天下の北町が、かような鼠賊（そぞく）の下働きとは」

しかし、と彼はその薄い下唇を嘗（な）めて言う。

「これは、土田が高（たか）のけ、仰転（あおころ）びに転がる切っ掛けかも知れませぬ」

遠山は、矢部の言うことが良くわからない。

「土田が転倒すると」

矢部は、扇子を顔の前で振った。

「人は身の丈にそぐわぬ事をいたさば、必ず失敗するということでござる。禁裏にも愚かな者にわざと高い位を与えて、その座を落す呪詛（じゅそ）がござるとか」

「それは位打（くらいう）ちと申すもので」

「それでござる。尿筒持ち風情が、北町奉行従五位下朝散大夫を顎で使えば、如何なる目に合うか。たとえ人が許しても」

天が許しますまい、と矢部は予言者のごとくおごそかに言い放った。

浅草に本格的な夏が来た。

為朝の湯の千代は、浅草に出かけた。当日は茶屋時代の姐貴分にも声をかけず、ただ一人。守札を受け、仁王門を出て、すぐに久米平内堂へ向った。

絵馬堂で買った小豆飯を堂内に供えて、

「どうぞ、思う人に逢(あ)えますように」

声を出して拝んだ。思う人とは、杉ノ森稲荷で両っ引きから助け出してくれた、あの「凜々しい」寺小姓だ。

ここにも訳知(わけし)り顔をしたがる奴はいる。ほおずきの串を襟に刺した男がヘラヘラ近づいてきて、

「姐さん、そんなに声を出して拝むもんじゃねえ。まずは、心に思う事を文に認(したた)めてだな。そいつをあそこの堂守に……」

と語りかけたが千代は、きっと相手を睨みつけ、

「黙りやがれ、唐変木(とうへんぼく)」

ひと声残すと、二十軒茶屋の方へ飛び出した。腹立たしさに下駄も割れる思いだった。平内堂の「文(ふみ)つけ」などは、何度やったかわからない。

「浅草餅でも食べて帰ろう。あっ、頼まれ物があったっけ」

湯屋の親父から柳屋の楊枝(ようじ)を買って来るよう申しつかっていたことを、危うく忘れるところだった。千代は、も一度仁王門の大提灯下を潜って随身門の道に向った。

浅草古絵図を見ると、随身門に続く参道には「このあたり名物ようじみせ多し」とある。数ある店の中で特に名高いのが柳屋仁平治。ここは店番が、浮世絵に描かれるほどの美人を揃えることでも知られていた。

道が三社様と交わるあたりまで来た時、ふと横を見ると、手桶を下げた若い男が、ふらり現われた。

危うくぶつかりそうになった千代は、あっと叫んで顔をあげた。

そこにいたのは、心に刻み続けた、あの恋しい「寺小姓三之丞」ではないか。

千代は何か言おうとするが、言葉が出ない。

(ああ、平内様。ありがとうございます)

「あの、……あの」

「これは御勘弁を」

と言った三次も、その娘の顔を思い出して息を呑む。

「ずいぶんお捜し申しました」

千代はやっとのこと、そう言った。

「私めをですか」

三次も掠れ声で言う。

「はい、あの折りのお礼を申そうと、新徳院を訪ねましたが廃院とか。その後、支院二十二坊全てまわり、いずれも手がかり無く……」

恨みがましく言いつのる千代の姿に三次は、たじたじとなった。

江戸でも人出の多いことで知られた浅草寺、美男美女の痴話喧嘩と見て参詣人が鵜の目鷹の目で二人を眺めている。

「ここらは人目もあります。積る話は、あちらで」

三次は千代の肩を抱くようにして、奥山に足を向けた。そこに水茶屋が並んでいる。どれも葭簀張りのいかがわしい店だが、人目を忍ぶには好都合だ。

三次は物慣れた調子で枇杷葉湯を二杯たのみ、茶屋女に心づけを渡して人払いした。

「三之丞様、その御姿は何としたことでしょう」

千代は、おずおずと尋ねる。三次は苦し気に、

「私は三之丞でもなければ寺小姓でもない。三次という、いかがわしい者なのですよ」

この娘には、全て話してしまった方が良い、と三次は思った。

枇杷茶の入った湯飲みを弄びながら、彼はゆっくりと語る。

自分が山深い熊野の出であること、怪し気な術者崩れであること。人に語れぬ手技をしつつ江戸に下ったこと。さらには、自分が「男女」であることまで順々に説明した。

ただし、現在関わりのある人々、泡界や御法度刷りの面々の名は伏せた。

千代は初め驚きで棒を呑んだような表情になった。が、すぐに落着きを取り戻した。

三次は語り終えると、静かに湯飲みに口をつけた。近くの奥山から、見世物小屋の口上が聞こえてくる。

「さあて、いよいよこの煙管を飲んでみせましょう。いやまた、これを飲むのが大きな苦行。何がいつもの通りぐっと飲み込みますと、近頃尾籠なお話ながら、お尻の方へふと抜けるやつ

が、前の方へにゅっと突き出し……」

煙管飲み、豆蔵の芸だろうか。三次が耳を傾けていると、千代が力強く盆に湯飲みを置いた。

「よく打ちあけて下さいました」

千代は形の良い眉を吊りあげた。これは怒っているのか、と三次は身構える。しかし、続いて発せられた彼女の言葉に、仰天した。

「三次さん、あたしの情夫になって下さい」

「な、なにを申される」

「あたしの家は、多町の青物商。木管の水で生ぶ湯を使いました。店はつぶれて芝居町へ奉公に出たけれど、心は神田の娘です。一度惚れたからには、元が女であろうと、首が夜中に五尺伸びようと、諦めるもんじゃありません」

「神田の娘……」

「ええ、情の強いは神田の娘。日差しに弱いは河童の娘」

誇るように言う娘に、三次はおずおずと、

「私も……あの日、あなたと出合った後は心乱れて、よんどころ無き仕儀に……。これも相思相愛と申すべきか」

「うれしい」

「いや、お待ち下さい」

三次は手を上げて娘を制した。

「おめと申す者は、時に並の男より淫欲強きものなれば、堅気の娘御には毒ともなりましょう。

ここで止めておくのが御身のため」

千代は、少し鼻白んだように身を縮めたが、すぐにすっくと立ち上った。

「ええい、じれったい。だから西国者は念入りというのさ」

突如豹変した千代に、三次は驚いた。

「な、なんと」

「元が鬼だろうと蛇（じゃ）だろうと、あたしはあんたが好きなんだ。あんたもあたしが好きだという。どこに門扉（もんぴ）があるというんだい。ああじれったい」

千代は床几を蹴って三次の腕を取った。

「行くよ」

「え、どこへ」

「不忍（しのばず）の出会い茶屋」

「ええっ」

「普段猫被ってる神田の女の本性が、一体どういうものか、あんたに教えてやろうてのさ」

物音に驚いて出て来た水茶屋の茶運びに銭を放った千代は、あわてる三次を引きずるようにして店を出た。


四谷鮫ヶ橋の土田屋敷では、ここのところ人の出入りが激しい。

多くが食に窮した黒鍬組の連中であった。

「どこで嗅ぎつけて来やがるんだか」

土田は、屋敷表の喧噪に舌打ちした。

「みんな、芋(いも)づるの端でさあ」

と言ったのは、永岡左兵次という黒鍬だ。この者は塙巳之助無き後、土田の「側近」にすっと収まった。ぬらりひょんのような奴である。

「なにしろ、大樹の御忍びは二十余年前、十一代様が浅草伝法院で、葛飾北斎を引見なされて以来の話だ。誰もが、この好機にひと稼ぎしたいのでしょう」

「俺は、その芋の根っ子だな。しかし、何だ。こんだけの騒ぎになっちゃあ、御忍びも屁(へ)ったくれも無えやな」

と苦笑する土田に、永岡は吹き出した。

「町の者も、もうとっくの昔にわかってまさぁ」

「どうやって」

「奉行所の御成り道見分役と、川筋の高積改出役が、当日は風呂や竈(へっつい)の火を落すように沿道へ布令(ふれ)てまわるから、わからねえ方が馬鹿だ」

「木ッ葉(こっぱ)役人の知恵なんざ、そんなもんか。おい、ところで、北本町の方には、気を遣っておいただろうな」

本所北本町には、御船手奉行、向井将監の屋敷がある。幕府の公的な船舶を差配するその家に、土田は鼻薬を嗅がせておくことを忘れていない。

「将監様は御多忙とかで、用人の寺曲輪(てらくるわ)三左衛門てえ奴が対応に出やした。こいつがまた、偉(え)れえ権柄(けんぺい)ずくな奴で」

永岡が袱紗に包んだ金子を差し出すと、寺曲輪は、

「これは何かな」

扇子の先で、それを叩いたという。此度上様の御屋形船を隅田川に浮べる、その御挨拶で、と永岡が言うと高曲輪は、

「柳営の朝夕人が御座船の櫓漕ぎとは御出世なされたものかな。当向井家は、天正十八年（一五九〇）小田原の陣において伊豆国にはせ向い、北条水軍山本信濃守を打ち討り、西浦城を落して水辺支配の船手奉行をようよう拝命した。それが、二百五十年も経つと、船上の大筒も塗りの尿筒に負ける。世の流れでござるなあ」

講釈口調で言った。

「腹ァ立ちやした。いくらこっちが十俵一人扶持、あっちが何百石の石持ちだとて、俺は直参の黒鍬、野郎は向井家の陪臣に過ぎねえ」

「だが、挨拶金は受け取ったのだろう」

「へえ、袱紗の匂いまで嗅ぎやしてね。『少し小便臭い』なんぞとぬかしやした」

「まあ、良いや。いずれ、痛い目にあわせてやる。苦労だったな。気分直しに藪下で女でも買えや」

土田は袂を探り、小粒を永岡に放った。

四谷でこうしたやり取りが行なわれている頃。泡界は葛西からの渡船で、寺島の平作堀に戻っている。

岸に上れば、ボーッと法螺貝の音が聞こえた。

「葛西の帰りじゃあ、そのまま帰れめえ。ちょうど良いやな」

久々に湯舟へ漬かろう、と船板を踏んで行くと、夜鷹の群に出合った。焚火のまわりに集って、世間噺の真っ最中である。

「おンや、千三つの坊さん。あんたも湯舟かい」

派手な柄のボロ着をまとった大年増が、目ざとく泡界の姿を認めて、手招きした。

「夕べ、客から貰ったカキ餅を、みんなで焼いてたのさ。坊さんもどうだい」

夏場の焚火は、ぞっとしないが、まあいただきましょうと皆の間に割り込んで座れば、

「何だか、坊さん。少し臭うよ」

若い夜鷹が鼻をつまんだ。

「やっぱりか。さっき葛西から戻って来たばっかりだ」

「えっ、下りの葛西船に」

「おいらぁ、肥桶じゃねえや」

皆、声をあげて笑った。年増がカキ餅の焼けたところを渡しながら、

「仲間がまた一人、逝っちまってね。こんなもんでも供養の代りさ」

「そうかい。南無……」

泡界は手を合わせて、そのカキ餅を齧った。

「まだ若い御同業だがね。下の病いじゃないよ。斬られちまったんだ」

「辻斬りか」

悪旗本が、刀の試斬りに夜鷹を斬る話はよく聞く。

「いンや。この下の瓦町までがうちらの稼ぎ場だけど、その子は慣れてないもんでね。小梅瓦町まで入り込んじまったのさ。そこで斬られた。斬ったのは黒鍬者さ」

「なんだと」

泡界は餅を喉に詰まらせて、少しむせた。

「あたしたちだって、頼るところはある。日銭を取っている表町の目明しに話を持って行ったんだけど」

公儀御用地に立ち入ったので夜鷹を斬ったと黒鍬者は言い、それ以上の詮索は無用とされた。

「役人は誰もそんな調子さ。あたしたちの命なんか針の先ほども無えそうな」

一人の夜鷹が食べかけの餅を地面に叩きつけた。泡界は戌亥（いぬい）の方（かた）を眺めた。

「あんなところに公儀の御用地なんかあったかなあ」

「ほら、近頃噂の、公方（くぼう）様川遊びの船を、さ。あそこで何隻か船大工が直してるらしい。黒鍬はそこの警備だったたって言うのさ」

泡界は、ぺしりと自分の額を打った。

「燭台の下は闇とはよく言った」

「千三つさん。そりゃあ何のこった」

「その御用地を覗いてやろう」

袂から銭を出して年増に握らせた。

「味の無えカキ餅じゃあ、さして供養にもなるめえ。寺島村行って、赤いやつ（安酒）でも買いな」

法衣を袖くくりして、墨堤に上った。川風が妙に心地良い。

御三家水戸の下屋敷北の角を曲って、常泉寺の境内に入る。枕橋の辺には水戸家の辻番があって、結構うるさいからこれを避けたのだ。

名の通りにあたりは瓦造りの窯が多く、一帯は常に焦げ臭い。

その一角に高い板塀があった。泡界は用心深く近づいて、破れ目の間から覗き込む。かなり大きな屋形船の舷側が見えた。船大工がせわしなく行き交い、要所要所に見張りらしい者もいる。

泡界は船の寸法、舳先の造りなどをざっと確めて、す早くそこを離れた。しかし、

「おい、おめえは何だ」

塀の端から鋭く声がかかる。流石に黒鍬は忍びの下請け。鋭いものだ。振り返ると、六尺棒を構えた奴が二人出て来た。

咄嗟に泡界は、目を空ろ、口元には涎を垂らす。

「お、おいらを誰だって、か」

逆に見張りどもへ近寄って、踊り出した。

「……ことも愚かやそれがしはぁ、小梅の里に人となり、瓦の煙にふすぶれど、元業平の申し子にて、梅のお由が一番弟子、女ったらしの権八さまだあ」

為永春水『春色梅児誉美』の一節を唄った。

「あ、こりゃあ、橋本町の願人坊主だ」

「それも、少々、頭に来てやがる」

見張りたちは、気味悪そうに泡界を見て、

「ええい、立ち去れ」

六尺棒で殴る真似をした。

「ひいっ」

泡界は、ばたばたと手足を振ってそこを走り出て、ペロリと舌を出した。

源森橋を渡って中ノ郷瓦町あたりで一息つき、

(尾行られてはいねえだろうが)

念のため吾妻橋を渡るふりして中之郷竹町に入り、そこからぐるりまわって多田薬師裏店の刷り長屋へ入った。

手なづちも、足なづちも、常の通り仕事をしている。

「おい、これからネタを書くぞ。出来たらすぐに刷り込んでくれ」

「泥亀防さん。顔が真っ赤だ。この暑さで、ちょっと来ちまったか」

手なづちが頭を指差す。

「さっき会った黒鍬と、同じことをぬかしやがるぜ」

泡界は懐ろの手拭いを出してネジリ鉢巻すると、文机に向った。直後、ものすごい早さで筆を動かしていった。

手なづちも足なづちも、呆れたようにその後姿を眺めた。

12 小梅瓦町の怪

不思議なものだ、と駒菊は思った。

秋山長八郎の組屋敷へ通うようになって十数日。もともと双方、その気があったから成るように成り、通い妾(めかけ)の状態となった。が、やもめの長八郎のことである。婚儀もないまま彼女は、いつの間にか「奥さま」格に収まってしまった。

屋敷小者の与助なども、そう呼んではばからない。

普通、奥様と呼ばれるのは、屋敷内に表と奥の使い分けができる身分、一般的には旗本の妻がこう呼ばれる。御目見え以下、御家人のそれは「御新造様(ごしんぞさま)」である。

ところが、御抱席一代限り、三十俵二人扶持。きわめて軽い身分の奉行所同心の妻だけは奥様と呼ばれる。

(こそばゆいものね)

と駒菊はつぶやくことがある。奇妙といえば、妻が奥様なら亭主は殿様と称するものだが、こちらは御家人並に「旦那様」である。

その旦那様長八郎は、非番の折り折りに駒菊から三味線を習い、小唄や流行りのチョボクレまで、瞬く間に習得してしまった。

駒菊の教え方がうまかったせいもあるが、長八郎の筋も良かったのだろう。

「俺も必死さ。隠密廻りにゃ三味(しゃみ)は必須の芸だからなあ」

日頃武骨者を売りにしている長八郎は恥かしがるが、駒菊はそんな「旦那」をいとおしく思う。

（早いとこ、本物の奥様に収まっちまおうかしら）

駒菊も思う。最下級の蔵米取りでも一応は御武家だ。婚儀にはしかるべき手続きが必要だが、その辺は問題無い。同格の御家人の養女となり、しかる後に入籍する手がある。同心の女房にはそのような例が多いという。

「あそこの奥さまは粋なところがある。それ者だぜ」

と、八丁堀ではよく噂される。「それ者」は、芸者、遊女などその道の者という意味だ。駒菊は、今まで身を売らず芸一筋でやって来たし、生家は貧乏でも禄取りだったから、それ者あがりなどと言わせるものではない。

ここに来て駒菊は、秋山長八郎に強く固執し始めていた。

その長八郎だが、芸事に没頭しつつも御奉行遠山の密命を、何とか形にしようと日々心を砕いている。

まずは「御風儀御取締りの贄」に誰を宛てるか、という点である。なにしろ、その指命の大もとは老中首座、寛政以来五十年ぶりの御改革で張り切っている水野越前守だ。なまなかな悪党では満足すまい。

種々思案のあげく、的は一人に絞られた。

（やはり、あ奴しかいねえ）

江戸で御家人悪の頂点に立つ者といえば、町内の子供でも密かに噂する「尿筒お大尽」土田新吉郎。

（こ奴を搦め捕れば、大手柄だが）

事はそううまくいかない。先代大御所が贔屓にして絶大な権力を誇った中野石翁（清茂）には及びもつかぬが、その代り現将軍と江戸中の小悪党を両天秤にかけて操る始末に負えぬ奴……。

（いや、賄賂の撒き方のうまさと言ったら、石翁の数段上を行くだろう）

金の力で目付、徒目付の組織を半ば無力化させている。北町南町の与力同心の中にも鼻薬を嗅がされている者は多いようだ。

（下手を打ちゃあ、俺が返り討ちに合っちまう）

ただ、ここへ来て僅かに光明が見えてきた。将軍家御忍びの船遊びを、土田が請け負ったという情報だ。

（こいつをタネに……。そうさなあ、御船遊びの御趣向を何とか失敗に持って行って、将軍家御贔屓筋をしくじってくれれば、道は開ける）

と、そこまで思いが至った時、

「旦那、ねえ旦那」

駒菊の声がした。気がつけば、縁側で蚊遣の煙に包まれながら三味線を爪びいている。

「旦那、お帰りになってから、ずっとそんな調子じゃありませんか」

「そうだったかい」

長八郎には、我を忘れると記憶の途切れる癖がある。思えば、夕刻どうやって奉行所から戻ったものか、その覚えもなかった。

「お風呂お召せと勧めても、三味を爪びくばっかり。それでもって、あの野郎、つちだの野郎をどう料理しようか、とつぶやかれて」

「俺(お)りゃあ、そんな事、口走ってたかえ」

「済まねえな。久々に悪い癖が出た」

「その、つちだっていうのは、名代の御家人悪の」

「おめえも知ってるかえ」

駒菊はうなずいた。花柳界でも、その一党に迷惑をかけられた者は多い。

「柄の悪いイカたちが、御大名家来衆の名を騙(かた)って、料亭なんぞでやり放題」

イカは御目見え以下の御家人。それに対して御目見え以上の旗本をタコ、と芸妓は陰口を叩く。

「その御大名連も、将軍お気に入りの土田と柳営でイザコザを起さぬよう、附届(つけとど)けを欠かさねえとさ。名前使われるなんざ序の口よ」

「そういえば……」

駒菊は少し首をかしげて、

「……土田の話を妙なところで耳にしましたよ。同じ置屋にいた朋輩で」

今は芸者を止めて、船宿の後添いに納まった者と、過日偶然会った。

「積る話を交す中、その船宿の息のかかった修理場が、土田に無理やり借りあげられて困っていると」

こぼしていたという。三味線の竿を撫でていた長八郎の手が、はたと止った。

「その修理場ってのは、どの辺だい」

「隅田をちょっと入った、小梅瓦町の堀切りとか」

「臭うな」

長八郎は、三味線を置いた。

「だから旦那、お風呂を召せと言ったじゃないですか」

「そういう意味じゃねえや」

長八郎、なおも思案の体だったが、急に笑顔となって、

「おい、御用の向きを、手伝ってくんねえか」

「坂本町の女を岡っ引きにしようってんですか」

「ンな野暮は言わねえ。二人して頭に手拭い巻いて、新内でも流そうってのさ」

駒菊は、ぷっと吹き出した。どうやってもこの武辺者が、ぞろっぺえ（裾引きずり）で河岸を歩く姿を想像できなかったのだ。


泡界は墨堤で一人、瓢簞酒をあおっていた。

一丁前に床几を持ち出していたが、それは目の前の大川に流れついた廃材だ。湯舟屋の爺さんが焚きつけにしようとしたところを貰いうけて、小器用に修理した。

誰か話相手になってくれぬものかと脇の席を空けていたが、道行く人々は、皆そ知らぬ顔で通り過ぎる。

得体の知れぬ願人坊主がヘラヘラ笑いながら昼日中、酒をかっ食らっている。誰だって関わり持ちたくはなかろう。

「けっ、愛想の無え奴らだぜ」

堤の上を定斎屋(じょさいや)が、薬箱の鐶(かん)を鳴らしながら、足早に行く。三州池鯉鮒(ちりう)、マムシ避けの護符売りが、旗をはためかせて通り過ぎる。これも季節の商売だ。

日がかげり、そろそろ涼み客の姿が渡しのあたりに現われようとする頃。三次が戻って来た。

手にした瓢箪を置いて、泡界は腰を浮かした。

「遅かったな。待ってたぜ」

「柳原の古留(ふるとめ)に衣装返してきましたので」

三次は浮かぬ顔で答える。

「この暑さに町歩きは辛(つ)らかったろう。まあ、一杯いけよ……と」

欠け茶碗を三次に握らせた泡界は酒を注ぎかけて、

「兄弟。お安くねえな」

何かに気づいて、にやりと笑った。

「何処にしけこんだ。湯島の『大根畑』か。いや、上野の出逢い茶屋だな」

ずばり言いあてられて、三次はどぎまぎした。

「な、な、なんでそこまで」

「おめえが、朝出ていく時と違う匂いがしたからさ。この季節だ、ひと合戦(いくさ)して汗みどろになれば、きれい好きなおめえのことだ。ひとっ風呂浴びる。髷も直しただろう。髪油から蓮(はす)の匂いがするから、池の端の茶屋と当りをつけた」

「……たいした眼力」

「それだけじゃねえ。おめえさんの面さ」

泡界は三次の眉間を指差した。

「兄弟、おめえは妙なところが馬鹿っ正直だ。淫時を成せば、必ずこの辺に筋が出来る。快楽皺ってやつだ。手なづちとやっちまった時も、そんな感じだった」

「観相師もなされる……」

「まさか、またお鈴（手なづち）と」

三次は大きく頭を振ると、茶碗の酒をあおった。

「姐さんとは会っていません」

三次は、がたつく床几に腰を降した。かねて思い続けた娘と、浅草寺境内で偶然出合った事。存外蓮っ葉で、すぐに池の端の茶屋に連れ込まれ、やりたい放題された事などを恥かしそうに語った。

「それは、それは」

呆気にとられた泡界は、何とも言えぬ表情を浮べたが、すぐに真顔に戻った。

「なぜ、笑わないんです」

三次は不思議そうに見返す。

「笑わねえよ」

泡界は瓢簞に口をつけて、ぐっと飲むと、息を吐いた。

「その娘は不器用な質だったのさ。おめえにぞっこん。どう伝えたものかもどかしくって、自分からのしかかった。蓮っ葉なんぞと言っちゃいけねえ。その健気さに俺は身が震えるようだぜ。兄弟は、果報もんだ」

平手で床几を叩いた。桜の木に止まっていた蟬が驚き、小便を撒き散らしながら飛んで逃げた。

「その果報者に、ちっと仕事を頼みてえのだ。それで、ずっとここで待っていた」

泡界は床几から立った。

「この先の小梅瓦町に、妙なところを見つけちまった。兄弟の、あっちの力を借りてえ」

三次はあわてて着物の前を押さえた。

「おっと、そっちじゃねえ。御狐さまの力だ」

泡界は未の方を指差した。

「黒鍬がからんでいますね」

三次は飲み込みが早い。暮六ツの鐘が鳴り始める頃、二人は家を出た。

紺染めの手拭い、同色の浴衣、足半を履いて万一に備えている。

竹屋の渡しを抜けた頃には、道に涼み客の姿が絶えた。時折笑い声が聞こえるのは、料亭「平岩」の座敷からだろう。

水戸家下屋敷の塀沿いに東へ歩く。

「そこの常泉寺裏が剣呑。黒鍬者が行ったり来たり」

「しっ」

三次が泡界を制した。宮戸川堀の辺に灯が動いている。脇に光が漏れていない。龕灯（がんどう）提灯を用いているらしい。

「あれを何とかできるかえ」

「やってみましょう」

三次は呪文を唱えると、大胆にも灯の方へ近づいていった。

黒鍬らしい男たちは、道に突然現われた人影に、きっと身構える。一人が手槍をしごき、一人が龕灯をかざした。

丸い明りの中に浮びあがったのは、若い女だ。当節の事とて長簪は刺していないが、左褄（ひだりづま）を取るところは玄人（くろうと）筋。

「姐さん、どちらへ」

龕灯持ちが問うた。

「男衆も連れねえで、危いことだ」

女は何も答えず、すうっと光の輪から外（そ）れる。

「どこ行くんだ。そっちは堀だぜ」

黒鍬たちは、そろりそろりと後を追った。

強いて引き止めなかったのは、相手が美人（しゃん）の江戸者（えどしゃ）（地元芸者）と見たからだ。

女はどんどん闇の中を歩く。その後姿は、なぜか白々と浮き立って見えた。

二人は足を早めた。しかし、一向その距離は縮まらない。二刻（ふたとき）（約四時間）ほども追い続けるうち、黒鍬たちはへとへとになった。

二刻といえば両国橋を渡り、江戸湾の縁をまわって品川宿を抜けてもおつりが来る。

「おい、こいつは変だ」

一人が言った。

「俺たちゃ、忍び技もこなそうって手練れだぜ。なぜ女の足に追いつけねえんだ」

「まったくだ。これは、小梅で名高いそれもん（狐狸）にしてやられたな」

「やっと気付いたかい」

誰かが言った。驚いて二人が声のする方を向いた刹那。目から星が出た。何者かに頭を殴られたのだ。

たちまち昏倒する二人を、泡界は道の端に蹴り込む。

「兄弟、相変らず良い腕だねえ」

三次を褒めて、龕灯を拾いあげる。

「軽いもの。無明長夜（むみょうちょうや）の術です」

相手は二刻と感じたようだが、実際にはほんの一呼吸。遠く聞こえる暮六ツの、その捨て鐘も終っていない。泡界は灯火を弄び、

「こいつは便利、便利」

別名を強盗提灯と呼ばれた龕灯は、金属（かね）で出来ている。中の蠟燭台は回転する仕組で、振っても火は消えない。

「見張りは朝まで起きねえだろう。では、御船の御検視といくか」

かねて目をつけた破れ目から塀の中に潜り込む。

船台に、大型の屋形船が乗っていた。舳（へ）先にも艫（とも）にも、真新しい補強材が入っている。胴ノ間は空っぽだが、いずれここに、上畳（じょうたたみ）や什器が入るのだろう。

「僅か半日の船遊びにこれだ。贅沢なもんよ。将軍様にゃ、御禁令もクソも無えからなあ」

あちこち見てまわるうち、舳先と舷側に妙な突き出しを見つけた。

「ここへ縄を掛ける仕組になってる。一体何だろう」

龕灯で照らす泡界の後から覗き込んだ三次。しばらく考えて、

「昔、熊野川の辺で見たことがあります」

「兄弟は、あのあたりの育ちだったっけ」

「熊野の水軍が用いた、逆櫓（さかろ）の付け具でしょう」

「逆櫓ってのは、あれかい。源平の講釈に出てくる……」

船の両端に櫓を設け、前後いずれにも進ませる工夫だ。

「平家物語に『今此の合戦には船に逆櫓を立てばや』と梶原景時が言って、義経と争いになる話が出てくるが、こんな簡単な仕組だったかい」

泡界は、縄掛けの部分をしばらく触れていたが、太い目釘らしいものを見つけて、

「兄弟、そこにある大工箱、持って来てくれ」

「何する気です」

「俺は素人大工が好きなのさ」

「流木の床几じゃないんですよ。下手な細工は怪しまれます」

「へへっ、目じゃねえよ」

泡界は、目釘のあちこちに切れ込みを入れ、縄の端を挟み込んだ。小半刻ほどもその作業に没頭するが、三次は気が気ではない。

「見張りにも交代があるでしょう。怪しまれないうちに出ましょう」

「あと少しだ、あと少し」

縄の端を舷側の水抜きに埋め込み、木屑をきれいに拭って、

「もう良かろう」

船台を降りた時、板塀の向うで新内流しの一節が聞こえてきた。

堀際を通らず、常泉寺の塀を乗り込えて逃げるのも、以前の通り。

「おもしろかったなあ」

「兄ィ、ああいう遊びは、もう止めて下さい。胆が縮みます」

「お狐さまともあろうものが。さあ、帰って飯にしよう」

久々のイタズラがよほど楽しかったのか、泡界は喉をふるわせた。

「粋な小梅の隠れ家へ、心で手と手をとりかわし、柾の垣根藪だたみ、寄らば人目のはね釣瓶えー」

「兄ィ、声を押さえて」

三次が袖を引くが、泡界はかまわずうたい続ける。

が、二人はいささか油断していたようだ。彼らを物影から注意深く眺め続ける男女に気づかなかった。

男は縞の単衣、折り手拭い。女は水天宮（碇に縄）紋様の浴衣に三味線。

言うまでもない。秋山長八郎と駒菊である。

小梅村の畔道を去って行く泡界たちを目で追っていた駒菊が、やがて立って、

「追いましょうよ」

と言った。初めての御用働きに気負い立っている。

「危ねえ、危ねえ」

長八郎はささやく。

「おめえも見たろう。あの、だんまり（歌舞伎の無言劇）みてえな技を」

二人は、泡界たちが見張りの黒鍬者を翻弄し、軽々と殴り倒す姿も目撃していた。

「ありゃあ、奥山の小屋でやっている眩ましだろう。下手に手を出したら火傷する。今は船を見る方が先だ」

長八郎は茂みに倒れている見張りに息がある事を確かめて、塀の中に入った。

「こいつはまたでかい」

長八郎は、まず屋形船の大きさに驚き、削りたての檜の香りに鼻をひくつかせた。しかし、知識乏しい者の悲しさ。ただ眺めまわすしか能が無い。むろん泡界の細工など見抜けるはずもなかった。

「どうでえ、駒よ」

長八郎は船障子の桟を叩いて、

「一生に一度くらいこんな船を大川に浮べてよ。おめえと二人桜見物なんぞと洒落てえもんだなあ」

「ええ、それはどんなにか」

楽しいでしょうねえ、と駒菊もしばしうっとりと見入っていたが、ふと我に帰り、

「いつまで見てるんです。回向院の出開帳じゃあるまいし」

長八郎をせっついた。

「うむ……馬鹿っ面下げて人の持ちもん羨やんでても詮ない話だ」

先程潜った破れ目を再び通り、二人は堀際に出た。その後は悠々と三味線を掻き鳴らして辻番を抜け、源森橋を渡る。


これほどの闖入者があったのなら、さぞ大騒ぎになるだろうに、そんな兆候は爪の先ほどもない。

翌朝、泡界は三次を物見に行かせたが、目と鼻の先。半刻もせぬうちに彼は駆け戻って、

「瓦町一帯、静かなものです」

と言った。有り様は、見張りの黒鍬たちが申し合わせて、土田に報告しなかったのである。

奇妙な芸者の尻を二刻あまりも追いまわし、殴り倒されて朝まで寝ていた、などと言えば、癇性の土田のこと。怒りのあまり何をするかわからない。

別にこれといって船置場に異常も見つからず、口を塞いだ方が身のため、とだんまりを決め込んだのだ。

「まずそんなところだろうぜ」

泡界は昼過ぎ、多田薬師裏へ出かけた。

刷り場には足なづちの爺さんだけが、刷り台に向っている。

「手なづちは、どうしたい」

「いつもの悪い癖が出た。鉄砲洲の方へ漁(あさ)りに行って、夕べ(ゆん)は戻っちゃいねえ」

「まるで白魚釣りに出たように言うなあ」

しかし、彼女が男漁りに出たということは、一仕事終えた印でもある。

「頼んどいたものは」

「そこに積んであるぜ、泡界さん」

足なづちは、顎先で棚を指す。ぶ厚い紙束があった。むろんこれ全て御法度刷りである。

「俺が言うのも何だが」

馬楝(ばれん)を持つ手を止めて、足なづちは一息ついた。

「これは全部当て書きだろう。こんなに刷っちまって、もしこの筋書き通りに話が行かなきゃ、どうなさる。尻拭き紙にも使えませんぜ」

当て書きは、この頃の瓦版屋の隠語で、予想記事のことである。

文政年間、浪花の盗賊「波の長五郎」は、懇意の瓦版屋に予告の当て書きを刷らせ、直後その通り盗みに入って、大坂三郷をあっと言わせた。

「当て書きでうまくいったのは、その一件だけですぜ」

「大丈夫、大船に乗ったつもりで……と、その船の件で、ちっとまた葛西の方に行かなきゃならねえ。これ何枚か貰ってくぜ」

泡界は棚の御法度刷りを袂にねじ込んだ。

久々に屋敷下りした土田新吉郎は、袴を脱ぐ手ももどかしく、対面所へ入った。

数人の黒鍬者が忙しそうに帳付けをしている。土田も文机に座って算盤を弾いた。

これ全て、将軍家御川遊びの費用算出仕事である。当日の警備人に出す食事から、船を操る者の人数、そして屋形船、屋根船の改修費。

(頭が痛てえなあ)

算盤を動かす土田の手が、時折止まる。御忍びとはいえ、催しに参加する延べ人数から算出すれば、すでに二千両近い金が手元から消えたことになる。

将軍家御忍び遊興費のほとんどは「御接待」として、表向きは「御拝命」を受けた家の持ち出しなのである。

おかしな慣習だが、それでも大名豪商の中には、あえてこの役を受けようという者は多い。

将軍の御信任篤い者という評判を得れば後々の得になる。柳営で隠然たる勢力を得て、賄賂は湯水のように流れ込む。

「ここが正念場だぜ」

土田は、取り巻きの者に説き続けた。すでに、彼の金蔵は空っぽだ。それまで、悪事に悪事を重ねて積み上げた隠し金は、もうどの袖振っても出て来ない。

柳営の御賄い方から将軍家の御手元金も拝借したが、全体から見れば微々たるものだ。

(これは賭けだな)

博打は、率先して多くの金を張った者ほど儲けが大きいという。

（こうなると、葛西権四郎の持つ糞金を）事前に奪えなかった事が悔やまれてならない。

「まあ、いい。この『お祭り』が終れば、葛西の百姓どもには、ぐうの音も出ねえようにしてやる」

土田は、算盤を荒っぽく振って御破算にした。もう一度、初めから弾こうとして、ふと手を止める。

もし、この御忍び御遊興の催し。何か重大な支障をきたしたら……。

（そうなりゃ、俺は……。いや、そんな事は考えるな）

土田は、大きく頭を振った。この男にしては珍らしく、南無八幡と御神名を唱えた。

13　御遊船

将軍家隈田川の御成りは、水無月十七日に定まった。

月初めまで決行日が決まらなかったのは、寺社方と南町の矢部駿河守が、この御成りに猛然と反対を唱えたからだ。

谷中感応寺の僧侶と大奥の完全な調査が終ってもいない時期に、かような遊興はいかがなものか、というのだ。

いかにも硬骨漢で鳴らした矢部の物言いであった。

これには老中筆頭水野越前守も困り果て、御成りが終り次第、早急に対処することで何とか矢部を押さえた。

水野越前としては、大奥改革のため味方につけたお筆の方の機嫌を、ここで損ねるわけにはいかなかったのである。

警護の部所にも通達が成された。将軍通常の御成りは、与力同心、御先手組、小十人組などが沿道に立つ。しかし、御忍び御成りでは、青山や大久保の鉄砲百人組同心、根来組同心がその任にあたる。また、その一部は、御成りの数日前から変装して沿道に待機する決りであった。

しかし、ここに来て警備の中心、百人組の中から御役辞退を言い立てる者が続出した。彼らは鉄砲衆とはいえ、その祖をたどれば伊賀甲賀者だ。

「土田は、とかくの噂ある者。深く関わるべからず」

流石に忍びの血をひくだけあって、此度の催しには、何やら危いものを感じていたのである。

警護人不足のシワ寄せは当然、町奉行所にまわって来る。遠山左衛門尉は二ノ腕を掻きむしりながら、

「百人組の者ども、ほとんど病い届けか」

腹立たし気に言う。内与力遠藤がおずおずと、彼らを取り成すように、

「誰もが霍乱(かくらん)などと申し立てております」

日射病や夏場の急性胃腸炎、夏場の下痢をそう呼ぶ。

「実際、組屋敷では食当りが流行っておりますようで」

「虚偽は伊賀者の得意技だぜ」

遠山は吐き捨てるように言う。並の侍と異なり、忍びが特異な反抗心を持つことには、幾つ

かの前例がある。

古くは慶長九年（一六〇四）。二代目服部半蔵の横暴に堪えかねた伊賀者は、武装して某寺に立て籠り、江戸を震撼させた。これが我が国初の労働争議となった。ために服部家は改易。以後彼らは分散支配されている。

「みんな格下の黒鍬に、顎で使われるのが嫌なのさ。忍び根性は何百年経とうと変らねえ」

遠山はため息をつき、

「悩んでも詮無い。非番の物書き同心まで、こぞって出役待機とせよ」

「心得ました」

「どうせ半日の辛抱だ。町方の警護責任は、川至る道筋のみ」

遠山ほどの男が、この件をさほどに重く考えていなかった。

同じ日の午後。泡界は葛西村に入った。

日暮れまで権四郎と最後の打ち合わせを行ない、その夜は葛西家の「御大尽屋敷」に泊る。例によって酒席が設けられたが、そこに権四郎の一人娘が接待に出た。

（これが評判のお元さんかい）

泡界ほどの男が、酒杯を取り落しそうになるほどの美形だった。

（葛西川端肥えたごの中に菖蒲咲くとはしおらしや、と謡われた娘御だな）

なるほど土田が御執心のはずだ、と泡界は思った。

翌日は葛西家の川船で送られ、寺島に戻ったが、途中あちこちの岸辺に寄って、船寄せや淵の位置などを船頭に尋ねた。

「お坊様、何かね。流れ勧請でもなさるおつもりかね」

泡界の執拗な探索振りにへきえきした船頭が嫌味を言うが、

「そういう手もあったなあ」

泡界は船端を叩いて喜ぶばかりだ。

寺島の桟橋に船を寄せた。と、水草を掻き分けるように、女たちが泳ぎまわっている。

「お、おんな河童だあ」

驚いた川船の船頭が、竿で叩こうとするが、泡界はあわててその手を止めた。

「あれはこの辺にたむろする夜鷹の姐さんたちだ。安心しな」

「へっ、よたかで」

船頭は惜し気もなく裸体を晒す女たちを眩しそうに眺めていたが、やがて水辺に竿さし、戻っていった。

「この騒ぎは何だえ」

泡界は夜鷹たちに尋ねる。川端で髪を濯いでいた年増が、その声に答えて、

「川役人が来て、湯舟を追い払っちまった。あたしら、こうして身を清めるしかないのさ。ついでに水遊びだよ」

「子供みてえだなあ」

「葦の根元は水が澄んでる。冷たくて久々の極楽気分さ。泡界さんもどうだね」

「止めとこう。俺が泳ぐと海坊主ならぬ川坊主よ。渡し船の客を怖がらせちゃあ罪だ」

年増は豊満な胸を揺って大笑いする。乳房の上に彫られた二匹の蜥蜴が激しく上下した。

「しっかし、湯舟を追い払っちゃあ、川筋の働き者も困るだろうに」

「湯舟ばかりか、物売り船も釣り船もしばらく御止めだとさ。御覧よ、行き来しているのは渡し船と葛西の肥船だけさ。こいつを止めちゃあ、江戸はたちまち困るからねえ」

年増夜鷹は、濡れ髪を荒々しく拭って言った。

「公方様だか何だか知らないけど、迷惑かけやがる」

夜鷹風情にも、将軍家御成りの噂は伝わっていた。

「御忍びが聞いて呆れるぜ」

「ほんに」

「なあ、姐さん。その公方様を、ちっとおもしれえ目に合わせる企みに乗ってみるかい」

「そんなこと出来るわけない」

「それが出来るんだなあ」

泡界は、年増の胸元を肘で小突いた。

「おめえさんたちが、ちっと助けてくれればの話だが」

年増はしばし口を閉じ、それから上目遣いに泡界を見据えた。

「やるかやらぬかは別にして、話ばかりは聞こうじゃないか」

年増は声を低めた。


六月十三日は土用の入りである。この日を「土用太郎」、十四日を「土用次郎」、十五日を「土用三郎」などと言う。江戸近郊の農家では、その三日の天気によって秋の豊作不作を占う。

その土用三郎の日には、江戸総鎮守山王（さんのう）権現祭礼がある。これは隔年で今年は陰（かげ）祭りだったが、贅沢御禁令で、これまた一段と地味になった。

屋台囃子（やたいばやし）、山車（だし）人形、桟敷（さじき）見物も禁止。猥（みだ）りに太鼓を打つ者は目明しにしょっ引かれて行った。

いつになく沈んだ祭り明けの朝。土田新吉郎は、将軍家の御座船小梅瓦町の屋形船を宮戸川に引き出した。屋根を付けると源森橋を潜れぬから、一度外してから隅田に出る。吾妻橋を抜けて御竹蔵の堀に入って再び屋根を付けるなどの艤装（ぎそう）を施した。

これらを監督した後、土田は永岡佐兵次を伴ない、猪牙（ちょき）船で川端を巡った。

当日は屋形船の他に、二十数隻の取り巻き船も出る。賑やかしの音曲船、水菓子売りの小船など用意したが、いずれも黒鍬者が船頭や芸人に扮する手はずだ。

川の中ほどで絵図を広げた彼は、うろうろ（物売り船）はここ、屋根船はそこと細かく位置を定めていたが、ふと、

「おい、厠船（かわやぶね）はどうなっている」

不安そうに尋ねた。

「ぬかり無く用意しておりやす」

永岡は答える。むろん屋形船にも雪隠（せっちん）の設備は備わっていたが、これは将軍と大奥の女性用である。

大勢乗っている御家来衆には当然別立ての便所が必要で、土田も朝夕人らしくそのあたりは気をつかった。

屋根船に見せかけた簡易式の厠船を併走させる。尿意を催した者は、随意に乗り移って用を足し、再び屋形船に戻るという仕組みだ。

「念のため、厠船は三隻、御用意してございい」

永岡は、さらりと答えた。

「よかろう。そいつには特に手練れの船漕ぎを乗せろよ」

もし将軍家の目前で覆ったりすれば、目もあてられぬ仕儀となる。

土田は、金龍山下から待乳山のあたりを眺めていたが、

「おい、葛西船は、どうなっている」

大都市江戸の衛生を担っている船だ。天下御免船。一日たりとも止めることは出来ぬが、さりとて糞船に、将軍の御前を平然と通過させるわけにはいかぬ。

「これもぬかり無し。先触れの早船を出して、もし肥船が通ろうものなら、船溜り、水草の陰に追い込み、御船通過の間は竿を取り上げて、一寸も動かすもんじゃございません」

土田は永岡の答えに満足した。

「葛西船は、ひでぇ臭いを出すからな。充分に隠し通すんだぜ」

と念を押した。

そんな土田たちの動きを、浅草今戸橋のあたりで遠望する者がいる。泡界と三次だ。

「やっぱり出て来やがった。くやしいなあ。何をしゃべくってるのか、わからねえ」

「でも、奴らの船が動いたり止まったりする所から、屋形船の巡路が見えて来ますよ、兄ィ」

三次は矢立を取り出して、隅田川の図に筋を引いていく。

「三次、おめえ本当に大した奴だ。御狐にしとくにゃ惜しい」

泡界は妙な褒め方をして、三次の描く筋を眺めた。そして、

「うん、俺が最初に立てた策は、少しも間違っちゃいねえ。ところで御狐」

久しぶりに泡界は三次をそう呼んだ。

「潜り(もぐ)は得意かえ」

「ええ、熊野にいた頃は、鯎(うぐい)なんぞ手づかみでした」

「その技、明日はとっくりと見せてもらおう」

泡界は言った。二人はその後、渡し船に乗って土田らが乗る猪牙の鼻先を横切り、寺島に上った。


十七日の朝が来た。

前日、町年寄(まちどしより)会所から江戸二十一組、番外二組の名主組合に通達があり、早朝より火気厳禁、物音無用の町触れが成された。

特に江戸城北、田安御門から日本橋北の大川筋に至る道筋では、町役人(ちょうやくにん)が一軒一軒まわって台所の火を落とすよう命じた。

「いってえ、何が起った」

「ほら、あれさ。公方様お忍びの」

「噂は本当だったのかい」

町民はひそひそ語り合う。

火気の使用にうるさかったのは、将軍外出の際、火を放っての謀反騒ぎを警戒してのことだ。飲食業、鍛冶の者らはひどく困ったが、裏店暮しの日傭取りは気楽なものだ。

「嬶あ、夏でよかったなあ、これが冬なら震えあがるところだぜ」

と笑い合った。ところが、昼になって、

「出るな、出るな」

切り髪、着流し、武士とも僧ともつかぬ風体の者どもが、商家の戸、裏店の木戸まで閉ざすよう促した。

これらは御成り先警護の根来組同心である。その異様な雰囲気を恐れて、町民は蒸し暑い室内に籠った。

九ッ半(午後一時過ぎ)田安門を出た将軍家慶の一行は、御駕籠を連ねて神田、日本橋と進んだ。

「ほうほう」

将軍は、引戸の窓から人気の絶えた町を眺めて手を叩いた。

「これは、奇妙。今日は物日(物忌)か。祭りが明けて、皆くたぶれておるのか」

お気楽なものだ。沿道の住民は息を殺し、御成り行列が過ぎるのを待っているのである。

その後、御駕籠は永久橋を渡り、御三卿のひとつ田安家の下屋敷に入った。

ここは埋立て地にあり、端は別れ淵に面している。大川の真水と汐が別れて流れるから洒落てそう呼ぶらしいが、一般の呼称は三俣である。

芭蕉も好んだ月の名所。先代の家斉も何度かこのあたりに御成りした。が、船を仕立てたという記録はない。

「新よ、川船は何処か」

御駕籠を降りるなり、将軍は気ぜわしく尋ねた。よほど、待ちどおしかったのであろう。

「まず、お茶を召されませ」

土田は一行を桟橋脇の茶室に案内した。

「じらせるのう、新よ」

「神田より刻みで御駕籠を参らせましたゆえ、大奥の皆様、乗物酔いの御気味でございます」

たしかにお筆もお金も、僅かに青ざめた顔で木陰に座っている。

待つうちに、新大橋のあたりから法螺貝(かい)の音(ね)が聞こえて来た。

「参りましたぞ」

長さ百六十間の橋の下から、二重屋根の大型船が、ゆっくりと現われる。

「ほうほう、これが汝の申す屋形船か。紀井国丸(きいくにまる)とさして変らぬ」

紀井国丸は大坂淀川筋に置かれた幕府川御座船の一隻で、その豪華さを愛でるため、先代の家斉が江戸に回航させた。全長九十六尺（二十九・七メートル）肩幅（横幅）二十尺という大船だったが、将軍の見るところ目前に迫り来る屋形船は、その紀井国丸に少しも引けをとらぬ。

「夏場、町人どもは、かように絢爛(けんらん)たる船で遊ぶのか」

「御意。されど今年、御老中の御禁令にて下々の遊船御止めと相成り、かほどの屋形船にて隅田を巡られるは、上様御一行のみ」

「今日ばかりは朝夕人の汝が、御船手奉行じゃのう」

将軍は、高々と笑った。まさしく彼は御船手であった。屋形船の後には、僅かに小型の屋形船。貸御座船、物売り船など、十数隻の川船を従えている。

（おめえのお株を奪ってやったぜ、向井将監）

土田は、賄賂金を「小便臭い」と言った向井家への恨みを忘れていなかった。

「されば、御女中の方々から御乗り下されませ」

船が屋敷の船着場に接岸すると、板が渡された。御供の中臈（ちゅうろう）から順に中へ入る。続いて御次（おつぎ）（膳部奥女中）、年若の側室お金の方、年上のお筆の方。最後に小姓頭の柴田肥前守、将軍と御刀持ちが船板を踏んだ。

「もーう」

まるで牛の鳴き声のような「もう触れ」が発せられた。

「もう、御乗船遊ばしました」

と告げているのである。その合図で船操りの男衆が、櫓に手をかけた。

彼らは、丸に八の字を背に染めた袖無しを着けている。本物の櫓漕ぎではない。これ全て操船の技を持つ黒鍬者だった。

板が外され、御遊船の群は静々と三俣の中洲に進み出した。

そこは寛政の頃まで町屋があり、掘り崩して川にした場所だから一部は船底を擦るほど浅い。大川の水死体（どざえもん）が必ずここにあがるという「名所」でもある。これを知っている御船手向井家の小者たちは、前夜から一帯に網を打ち、死骸を回収していた。

彼らは水辺のお忍びと知って、愚直にお役目をこなしていたのである。むろんそんな事を将軍はもとより、土田も知らない。

〽たから船やらー、おさんが漕げば、とんことんとこ、若い船頭衆がヤレコノ、乗りたがる、ぎっこぎっこ

〽よどの川瀬のー、あの水ぐるま、とんことんとこ、誰を待つやらヤレコノ、くるくると、ぎっこぎっこ

屋形船ばかりか、周りを囲む小船からも歌声があがった。野卑な歌詞だが、お忍び行でもあり、此度はこれも許されている。

「興(きょう)あること」

将軍も、側室、御女中の面々も、船漕ぎ歌に目を細めた。

船は新大橋から両国橋を潜る。むろん、船団に無礼の無いよう橋の歩行は一時止められる。迷惑なものだ。

このあたりで、そろそろ料理船が近づき、屋形船に台(だい)のもの(飾り膳)を運び込む。猪牙船が併走し、三味線太鼓を打つ。屋形船の足がゆるやかなものに変り、そして止まった。

場所は浅草御蔵前、四番堀と五番堀の間である。

「あれなる老龍(ろうりゅう)の姿を思わせる松こそ、首尾(しゅび)の松と申します」

将軍の前に座った土田が、説明する。

「なぜに、そう呼ぶのです」

お筆の方が尋ねた。土田は少し口ごもり、

「遊里に通う客どもが、帰り船をここに着けて昨夜の首尾を語りあうからでございます」

「首尾とは」

お筆の方は鈍い。隣に座ったお金の方が、そんなこともわからぬか、といった風にけらけらと笑う。

座の雰囲気が僅かに険しいものに変った。土田は、天井に目をやった。屋形船の屋根裏に忍んだ手下が、くるりと艫屋根（ともやね）に出て合図する。

すると、船団の中から、すっと物売り船が漕ぎ寄せた。

「売ろう、売ろう」

西瓜、真桑瓜（まくわうり）、胡瓜（きうり）の田楽味噌などを差し出す。これも模擬の店船で、商品は全て御賄い方が吟味し、鬼役（おにやく）（お毒味役）が試しをした品のみを乗せている。

「おお、皆の者、好きなものを取れ、取るが良いぞ」

将軍は、座の空気が変ったことにほっとしたようだ。

小姓、中臈たちは、争って船端に群がった。小姓頭の柴田肥前守が、土田に向って小さくうなずいた。上手来である、と眼で褒めた。

「あれを、うろうろ船と申しますのは」

土田は将軍に説明した。

「川筋を徘徊なし、かような掛け声で客を呼びますゆえ、初め『売ろ』と申し、それが訛ってうろうろとなりましたようで」

「左様か」

将軍は腰の扇子を抜くと、当座の引き出物として、その船に投げ渡した。そして柴田に新しい扇を出させると、

「楽しゅうなって参ったぞ。ひとさし舞おう」

船の板ノ間に出てその扇を広げた。


〽うたてやな、浦にては千鳥とも言え鷗とも言え、などこの隅田川にて白き鳥おば、都鳥とは答え給わぬ……


見事な物狂能を舞い始めた。船は吾妻橋を潜って牛島辺に進んで行く。右岸に町屋が絶え、緑が濃くなっていった。

頃合いと見て酒器がまわされた。連なって進む船の中からも笛や太鼓の音が聞こえて来た。


そのにぎやかなお囃しの音に、岸辺から耳を傾ける泡界がいる。

「気分が良いのは今のうちだぜ」

振り返って、身を伏せている三次に問う。

「葛西船の様子はどうだ」

「土田のところの先触れ船が全て搦め取り、船溜りに押し込めたようです」

寺島の桟橋近くは、臭気が激しいという。

「で、夜鷹の姐さんたちは」

「川筋取締りの役人が先程まわって来て、岸辺に出るなと命じたとか。みんな素直に聞いていますよ。表向きは、ね」

三次の言葉に泡界は、手に唾して立ち上る。

「では、始めるか」

勢い良く着衣を脱いで、水に入った。口に縄を銜え、水草の根を掻き分けていく。

向島の岸辺には、須田村から長命寺の手前まで、多くの入江がある。その中のひとつに、十隻ほどの肥船が溜っていた。一隻も抜けられぬよう数珠つなぎになっている。葛西船頭たちの姿は見えない。

(どこかに集められているな)

水面から顔を出した泡界の姿は、全く妖怪の川坊主じみている。

待つまでもなく、夜鷹の一団がやって来た。すると、岸の茂みから二人の侍が現われた。丸に八の合い印が入った単衣をまとっている。

「おう、おめえら。お触れを知らねえとはいわせねえぞ」

「この岸から、少し退いてろ」

交互に言う男たちを女どもは、ざっと取り囲んだ。

「兄さん、つれない事言うなよう」

「このお触れで、今日は商売あがったりなんだ」

「いつもより良いことしてやるからさあ」

夜鷹といっても、そこは女の集団である。べたべたとまつわりつかれて、黒鍬たちはやに下った。

「今日は、やけに愛想が良いや。まさか向島名物、女狐が化けてるんじゃねえだろうな」

若い夜鷹の蹴出しをめくろうとした。きゃっと悲鳴をあげたその時、二人は後から殴られて昏倒する。

「こいつら、いつも同じ具合にやられやがる」

背後から現われたのは、下帯一丁の泡界だ。

「遅かったねえ」

年増が口を尖らせた。

「すまねえな。葛西船の船頭たちは、どこだ」

「あっちの茂みさ。可哀そうに、逃げられないようぐるぐる巻きだよ」

「縄を外して、連れて来てくれ」

泡界は、彼方に耳を澄ませた。小鼓の音が一段と高くなる。待つ間もなく、頰っ被りした船頭衆が現われた。

「泡界さん」

一人の男が汚れた手拭いを取った。何とそれは、葛西権四郎、その人である。

「なにも、こんなところにまで旦那が出張らなくとも」

「いいえ、伝助の仇を、この手で討ちたいと思いましてね」

権四郎は、夜鷹や船頭に混って葛西船の縄を索き、川面まで押し出した。

「舳先を揃えて、待て」

権四郎は命じる。泡界は手渡された縄の端を持って、再び水中に潜った。

少しして、川下の牛の御前、堤下に隠れている三次のもとへ浮き上る。

「あっちはうまくいったが、俺も歳だ。これ以上は泳げねえ。後は頼む、兄弟」

「合点」

くるくると単衣を脱いで、三次も下帯ひとつの姿になった。

(ほっ、鍛えてやがる)

泡界は息をのんだ。胸板は厚く、肩にも程良く肉が付き、腹筋は割れている。元が女性(にょしょう)と思えぬ逞しい身体つきだ。

「では、参ります」

受け取った縄の端を銜えて、水に潜った。

心地良い風が吹いて来た。遠くの空に一番星が輝き、先刻まで茜(あかね)色だった空が、ようやく群(ぐん)青(じょう)色に染まり始めた。

14 あわや船

屋形船の宴も、今やたけなわである。

「無礼構であるぞ」

将軍は袴を脱いで着流しとなり、女たちにも夏羽織を取るよう命じた。

小姓頭の柴田肥前が「蝦取り」を踊った。これは小牧長久手の合戦直前、家康の前で小姓が踊ったという縁起舞いだ。現在の泥鰌掬いのようなものと思えば良い。

その下卑た腰つきに、大奥の女たちは笑いころげた。

「新よ、この酒はうまいのう。銘は何と申す」

酒好きの将軍は、半ば呂律のまわらぬ舌先で尋ねた。

「はっ、『一杯あがれと注ぐ酒も、どうでも娘の酌が良い。酒は剣菱肴はきどり、とんことんこ』と町の者は歌いまする。その剣菱で」

「それなら余も常々たしなんでおるが、色合いから味まで違うような気がする。これも川遊びゆえであろうかのう」

将軍は首をかしげ、土田は馬鹿めと腹の中で罵った。

将軍が普段飲む「御膳酒」は、江戸城中の蔵に何年も置かれた通称赤酒と呼ばれる廃酒と決っている。明治になって書かれた『旧事諮問録』には、

「(あれは)嫌な匂いがいたしましてネ」という証言記録がある。酒に関しても、江戸町民の方がはるかに口は奢っていた。

「楽しいものだ。年に一度は、こういう忍びの川遊びをしたいものだ」

将軍は言った。犬猿の仲であるお筆お金も、大いに酔ったのか、座敷の端と端に取り巻きを集めて舞い始めた。

「催して参った。筒を持て」

酔眼もうろうたる将軍はよろよろと次の間に向う。土田は尿筒を抱えて後に従った。

杉戸を開くと、そこは一坪ほどの厠の間だ。柳の図が一面に描かれ、中央に黒漆塗、葵紋を打った湯桶タライが置かれている。

土田は尿筒の口を、将軍の下帯の間から、手慣れた調子で差し入れた。じょろじょろと音がして、将軍は良い気持ちに目を細める。上つ方も下の者も飲んだ後の、排泄の快感に抗うことはできない。

土田は将軍が排尿を終えると筒に蓋をして、着物の裾を整えてやった。それからおもむろに障子を開けて、中味を川に捨てる。江戸城中と違って、そういうところは便利にできている。

この時、手元の水中をひとつの影が抜けていったが、彼は気づかなかった。

三次は屋形船の底に着くと艫の継と呼ばれる船の後部接合部に手を掛ける。

頭の上には十人近い漕ぎ手が休んでいたが、足元に人が潜り込んでいるなどと、誰も思いはしない。

継の上には掛櫓床という突き出しの櫓台がある。手で探っていくと、小梅瓦町の船台で泡界が細工した木栓の紐が見つかった。それを引き出し、逆櫓の差し込み口に挟み込む。さらに、索いてきた縄を、舵の根本にぐるりとまわす。

(ここまでは兄ィの指図通りだ)

三次は息継ぎのため、そっと波間に浮き上った。幸い近くに見張りの船は無い。再び潜って川底を蹴り、もう一度浮び上ったところは、牛の御前まえの船着き場。

泡界が桟橋から手招きしている。三次は自分の胴に巻いた縄の端を、無言で手渡した。

「よく潜りきった、見事だ」

桟橋の一番太い杭にぐるりと縄の先をまわした。

夜鷹も肥船の船頭たちも、彼の手元を覗き込む。

「こんな縄一本で何が出来るんだね」

年増が尋ねた。泡界は口をすぼめた。

「細工は流々、仕上げを御覧(ごろう)じろだ」

両岸は闇に沈み、川瀬に浮ぶ船団の明りだけが煌々(こうこう)と照り輝いている。

しばらくすると、屋形船の艫で提灯が振られた。

小さな屋根船が接舷し、数人の男らが乗り移って行く。これは厠船だろう。

「頃合いだ」

泡界が合図した。葦の茂みに伏せていた夜鷹や船頭らは、縄を引く。桟橋の杭がぎりぎりと音を立てた。

臭気芬々(ふんぷん)たる無人の葛西船が、静々と大川に進み出た。

最初に気づいたのは、屋形船のまわりを警護する猪牙やうろうろ船だ。

「なんだ、この臭いは」

「あれだ、糞ものの、いや曲者の船がいる」

止めよ、押さえよと騒ぐが、あまりの汚らしさに皆、手を出しかねた。

「誰が漕いでいるのだ」

「姿は見えねえ」

自分たちの乗った船の底に引かれた縄が動かしているとは、皆想像だにしない。

「ともかく、御座船の向きを変えろ。避けるのだ」

船漕ぎたちは、櫓先を逆櫓の差し込み口に入れた。

「まわせ、まわせ」

櫓は、アジア独特の操船法だ。くの字形の柄の先端を左右に掻いて、推進力を得る。動かす方角を変えるには、舵の迎え角に合わせなければならず、これには熟達した技が必要だった。御船手ではない素人の黒鍬者には、咄嗟の操作は無理である。

「おい、あわや船は止まらねえぞ」

「舵もきかねえ」

三次の結んだ縄のひとつが、水中にある逆櫓の支点にからまり、巻き取られていくのである。

将軍の御座所にも、臭気が充満した。それまでの、飲め歌えの座が静まり返った。

「おお、臭や」

「鼻がもげそうでございます」

障子を開けた時。間船（まぶね）と称する肥たご船、小便用の刺し船が、屋形船の舷側に激突した。

黄金色の液体が、豪華な畳の間に飛び散った。

全くウンの悪いことにはこの時、将軍の愛妾お筆の方は、用便中だった。大奥の慣わしとして、自分で尻は拭かない。御供の中﨟が一緒に厠へ入り、丁寧に始末する。

始めこの臭気が厠からと思っていたお筆の方だが、ようやく異変に気づいた。

この時、厠の板壁をぶち抜いて、葛西船の舳先が、にゅっと鼻面を現わす。

「あれー」

お筆の方は頭から黄金水を被って失神した。中﨟の吉野という者が、尻を剝き出しにした彼女を、果敢にも艫先に引きずり出し、救けに来たうろうろ船に抱え落した。

この機転が物を言い、彼女は大奥取締りにまで出世するのだが、これは後の話。

流石に十二代将軍家慶は鷹揚なものだ。

「これは何の趣向じゃ」

のんきに酒を傾けていたが、小姓頭柴田が後部の警護船に移るようせかした。

「これは公儀に対する謀反とおぼえます。御動座を、疾く」

「大げさな」

しかし、彼もその臭いには負けた。去り際、ふと思いついて扇を広げる。

〽都の人と言い狂人と言い、面白う狂うて見せ候へ、狂わずはこの船に乗せまじいぞとよ
都人ならおもしろく狂って見せよ、と謡う『隅田川』の渡し船問答を静かに舞い終えると、舳先から別船に移った。この姿も「流石は上様」と後に評判をとった。

悲惨なのは、「祭り」の企画者、土田新吉郎である。前後を忘れて糞尿満載の船を止めようと舷側へ出た。

ようやく屋形船の上棚（側の手すり）に身を乗り出したが、その時、一隻の葛西船が転覆。

はずみで土田は均衡を崩し、川に落ちた。

水面には江戸の町家から回収したばかりの糞尿が満ち満ちている。

「助けろ、助けてくれ」

その黄金水の中で手を振る。だが、手下どもは、その汚さにたじろぎ、誰も手を差し伸べようとしない。

ここに来て、この男の人徳の無さが露わになった。二十隻近い船は、将軍以下御家来衆を救いあげると、さっさと左岸、真崎稲荷の方に逃げていく。

土田は、糞の中に一人浮かびながら茫然としていたが、流れ寄る肥タゴのひとつを摑んでひと息ついた。泳ぎはうまくない方である。

異変に気づいた岸辺の人々が姿を現わした。が、これもただ騒ぐばかりだ。

「情無しどもが。さっさと救けやがれ」

土田は汚物の中で喚き、手足をばたつかせた。と、その手が奇妙な縄に触れた。

水中に張られたそれは、向島の岸辺に続いている。桟橋に人影がふたつ。角提灯(かく)の明りに浮かんでいたが、彼らの表情まではわからない。その一人が杭にからまる縄の端を外して、川面に放り捨てた。

刹那、土田は全てを悟った。

(こいつら、やりゃがったか)

即座に思い浮べたのは、糞船御大尽、葛西権四郎のとり澄ました表情だった。思えばその男は、金の卵を生む汲み取り輸送の権利を断固として譲らず、娘も聟(むこ)となる者も守り抜き、そして今は自分に強烈な鉄槌(てっつい)を下した……。

(大した奴だぜ)

「これだけの事を成し尽げるには、裏にとんでもねえ仕事師が付いているに違いねえ」

と、そこで土田の思考が端切れかかった。急いで屋形船の舵板に手を伸ばしたが、ここも糞尿で滑ってうまく摑めない。

意識が急速に遠避き、腕の力が抜けていった。

舵板の上に女が乗っている。着崩れた赤い襦袢に乱れ髷。手にした赤い扇をくるくると弄んでいた。

「お八重か」

彼は、声もなく笑った。

「天下の公人朝夕人、残忍無残を謡われた御家人新吉郎様が、ゆーてき(亡霊)を見るようになっちゃあ、もう終(しま)いだなあ」

舵板から手を離した彼の身体は、隅田の底にすーっと沈んでいった。

泡界は波間を凝視していた。が、暗がりに没する土田の姿までは、確めることが出来なかった。

しかし、独特の勘働きはある。彼は三次に言った。

「全部終ったようだ。家に戻ろう。このひでぇ臭いを洗い流そうぜ」

「葛西船頭や夜鷹たちは」

三次はまわりを見まわした。

「そのあたり権四郎旦那も抜かり無ぇ」

泡界はささやいた。隠してあった船で今頃は、関屋の里のはるか上流に向っているだろう。

「三十六計さ。明日の朝あたり、両国から下は、糞の臭いで大変だろうぜ」

尻を搔きながら墨堤に上って行った。

それから江戸は大騒ぎ……かと思えば、さにあらず。事は将軍家御忍びに関わる不祥事ゆえ、徹底した箝口令が敷かれた。

また、当時大評判であった風俗案内『江戸繁昌記』の製本差し押さえ、秋祭りの卑猥な下げ物禁止、町内の若者頭による奉加帳をまわしての恐喝的な金銭強要禁止令などが、立て続けに発せられ、人々の関心はそちらに移らざるを得なかった。

これらは遠山左衛門尉、矢部駿河守両名の発案であった。

特に、南町奉行矢部は、目付、徒目付に協力、御家人の恐喝行為根絶をはかった。

一時は江戸中の裏社会を牛耳っていた黒鍬衆も皆、逼塞の処分を受ける。

八月の十五日。芒売りの声と虫籠売りが発する鈴虫の音が行き交う中、秋山長八郎は、いつものごとく御奉行のもとに出頭した。

「聞いてるぜ、長の字」

遠山は、これもいつものように下卑た江戸弁で言った。

「婀娜っぽい女と二人して隠密廻りたあ粋な事をする。それでもって咎人をどんどんしょっ引くから、夫婦同心ともっぱらの噂だ」

「お、御揶揄いを。あれは世間を欺く方便でありまして」

真っ赤になる長八郎に、遠山は首を振った。

「からかっちゃいねえ。手前じゃ何もしねえで、たちの悪い岡っ引きを相変らず使い続ける他の奴より、おめえさんはなんぼうかましだ」

「ありがとう存じます。これより一層奮励。まずは、過日隅田に起きました一件の調査をば」

「ああ、待ちねえ。あれはちっと放っておくのだ」

遠山の意外な言葉に、長八郎はとまどう。

「なぜでございます」

「話をこれ以上でかくしたくはねえからさ」

遠山は天井を指さした。彼がこの仕草をする時。それは老中水野越前を表わす。

「……のお言葉だ。大奥もあれ以来、御忍び遊びは禁句だそうだ。御女中の中には悩乱で寝つき、今も枕を上げられねえのがいるらしい」

今は隠便に、と付け加えた。

「心得ました」

長八郎は、不承不承ながら頭を下げた。

北町奉行所の一室で、このような会話が交されている頃。

江戸の外れ、中川を挟んだ東西葛西領と呼ばれるあたりでは、ちょっとした祭り騒ぎが起きている。

葛西権四郎の娘が、ついに婿取りするという。その日、湿地帯に広がる村々では軒先に提灯を吊し、控えの肥船は全て下総（しもうさ）領に回航された。

泡界と三次も婚儀に招かれた。昼過ぎ、両名は招き船に乗る。泡界は真新しい法衣をまとい、三次も久々に寺小姓の格好に作っていた。まるで大寺の高僧と伴といった塩梅だが、三次は僅かに不安気である。

「良いのでしょうか」

「何がよ」

三次は小声で尋ねた。

「葛西家の婚儀といえば武蔵、下総、上総三国から名だたる家々が集まりましょう。かような擬態で出席し、その正体が露見（ろけん）すれば」

「御狐も尻尾がはみ出るのを気にするか。ははは」

泡界は法衣の両袖を大きく広げた。

「我が師、法界坊妙海は、近江国坂田郡鳥居村東光山上品寺十七世祐海上人の衣鉢（いはつ）を継ぐ。この泡界坊浄海、俗名集目（もずめ）清二郎（せいじろう）は、師より法界無縁（ほっかいむえん）の慈悲を学び、四代目法界の号を許された。ただの願人にあらず。堂々としていけ」

聞いて三次は目を白黒させた。

「なぜそれを、早く教えて下さらないのです」

「肩書きなんぞ、屁でも無え。今の愚僧、いや俺が大事な名前は、せんみつ屋の泡界さんだ」

「そのせんみつ屋さんの御法度刷りは、此度全て無駄になりましたが」

「あの糞流し以後、一段と締めつけがきびしくなりやがったからなあ。まあ、権四郎旦那の御褒美で何とか穴は埋めたが」

泡界は船端から手を伸して、水に手をつけた。櫓の音に驚いたのか、葦の間から数羽の鷺が飛び立っていく。

艫で櫓を操っているのは、若い百姓娘だ。葛西出の端女が船の漕ぎ上手、と狂歌にあるように、この娘の櫓あしらいもなかなかのものだ。

「姐さんも、婚礼の御手伝いするのかい」

「あたしは御膳運びだ。新聟の下與四郎様が見られるだけでも幸せだよう」

下総訛りで娘は答える。泡界たちは顔を見合わせた。江戸城辰の口の下掃除役は、代々この名を名乗る。むろん将軍家の厠番も兼ねることになる。

「すると。養子の弥助どんは、いったん下家を継ぐんだな」

「そういうことにならあなぁ」

泡界は、しばし呆れ顔で押し黙った。

どんな策を弄したのかわからぬが、土田家の没落に乗じて葛西権四郎は、ちゃっかりとその利権も我が物にしていたのである。

(公方様の下肥取りにも、大変な値がつくというからな)

呆れ顔の泡界は、櫓を漕ぐ娘に言った。

「お前さん、船漕ぎ歌もうまかろう、一節たのむよ」

娘はうなずいて、喉をふるわせた。

〽葛西ぶね〜、堀へ着けるも〜、こいの道〜

恋と肥を掛けるところが、土地の者らしい。船は高張提灯の立つ水路を、のんびりと進んでいった。

（了）

本書は書き下ろし作品です。

著者略歴

東郷隆（とうごう・りゅう）

横浜市生まれ。國學院大學卒。同大博物館学研究員、編集者を経て作家となる。1990年「人造記」等で直木賞候補となり、1994年『大砲松』で吉川英治文学新人賞を受賞、2004年『狙うて候　銃豪村田経芳の生涯』で新田次郎文学賞を受賞、2012年『本朝甲冑奇談』で舟橋聖一文学賞を受賞した。その他、〈妖しい〉シリーズ、『妖変未来記』、『うつけ者　俄坊主泡界1　大坂炎上篇』（早川書房刊）など著書多数。

うつけ者（もの）　俄坊主泡界（にわかぼうずほうかい）2　江戸破壊篇（えどはかいへん）

二〇二三年四月二十日　印刷
二〇二三年四月二十五日　発行

著者　東郷隆（とうごうりゅう）
発行者　早川浩
発行所　株式会社　早川書房

郵便番号　一〇一 - 〇〇四六
東京都千代田区神田多町二ノ二
電話　〇三 - 三二五二 - 三一一一
振替　〇〇一六〇 - 三 - 四七七九九
https://www.hayakawa-online.co.jp
定価はカバーに表示してあります

印刷・星野精版印刷株式会社　製本・大口製本印刷株式会社

ISBN978-4-15-210217-1 C0093